# मैं शायर तो नहीं

ग़ज़ल संग्रह

डॉ. शाहिदा

Title : Mein Shayar to nahin
Author : Dr. Shaheda

Published By-
**Anjuman Prakashan**
942, Mutthiganj, Prayagraj, 211003
www.anjumanpublication.com
anjumanprakashan@gmail.com

Price in india: 250/-

Printed and bound in India.
Paperback, First published by Anjuman Prakashan in 2023
ISBN : 978-93-91531-41-6

Cover & Typeset by Anjuman Prakashan

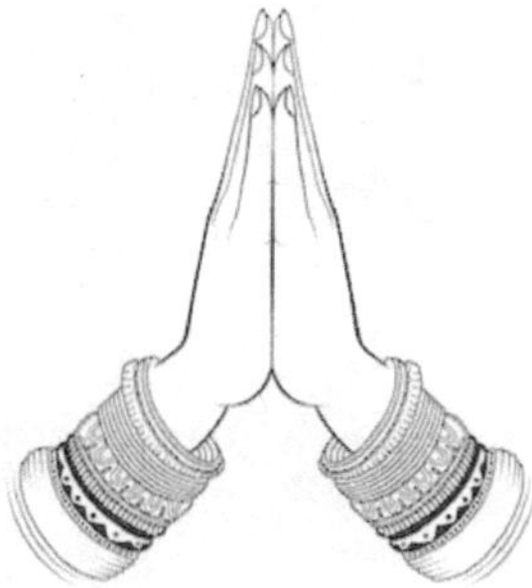

## समर्पण

*सृष्टि के रचनाकार को*
*माँ को........जिसने जन्म दिया*
*पिता को जिसने पैरों पर खड़ा किया*
*गुरुओं को जिनका आशीर्वाद मिला*
*महापुरुषों को.... जो हैं आदर्श हमारे*
*सहयोगी जन.......जो हैं साथ हमारे*
*पुत्र पुत्री एवं प्रियजनों को जिनसे सम्बल मिला*
*अध्यापकों एवं अभिभावकों को जिनसे बल मिला*
*देश के वीर सपूतों को जो भारत माँ के रक्षक हैं*
*सभी छात्र छात्राओं को जो देश का भविष्य हैं*

*डॉ. शाहिदा*

# प्रस्तावना

मन मस्तिष्क में उठने वाले विचारों को सुचारु रूप से हिन्दी और उर्दू भाषाओं की चाशनी में अभिव्यक्त करना ही गीत, ग़ज़ल और कविता कहलाती है। पूर्व में मेरी प्रथम पुस्तक आईना प्रकाशित हो चुकी है। कोविड महामारी के कारण घर में बंद रहकर टीवी पर समाचार सुनते रहे ऐसे में विचार ज्वार भाटा की तरह मन में आने लगे। समय की सुलभता के कारण भावों और विचारों को मूर्त्त रूप देकर ग़ज़लों और गीतों का संग्रह आईना-2 आपके समक्ष है। मेरे आदर्श स्व. डॉ गुलाब खण्डेलवाल जी रहे उनके अनुसार काव्य और साहित्य के भिन्न भिन्न सिद्धांतों के बीच रचना को किस तराज़ू पर तौला जाए, यह प्रश्न सदैव कवियों को उलझन में डालता रहा है। प्रत्येक रचनाकार अपने लिये अपनी रुचि के अनुकूल कोई न कोई रास्ता चुन लेता है। मेरी प्रेरणा स्व. इम्तियाज़ुद्दीन साहब हैं जिन्होंने मुझे अपनी लिखी हुई रचना को बार बार पढ़ने की सलाह दिया जिससे रचनाओं में सुधार होता है। मैं आभारी हूँ अपने कवि साथियों की जिनमें डॉ. दयाराम मौर्य "रत्न", डॉ अनीस "देहाती" जी, डॉ श्याम शंकर शुक्ल "श्याम" जी,डा संगम लाल त्रिपाठी "भँवर" जी, श्री सुरेश "सम्भव" जी, श्री अनूप "अनुपम" जी, श्री प्रेम कु. त्रिपाठी "प्रेम" जी और डॉ. आफ़ताब "जौनपुरी" जी प्रमुख हैं जिन्होने समय समय पर अपना सहयोग देकर मेरा मनोबल बढ़ाया सभी जनपदवासियों के आशीर्वाद से यह पुस्तक आपके समक्ष है। आईना-2 जीवन के सुख-दुख, प्रेम-घृणा, रिश्ते-नाते, वफ़ा और बेवफ़ाई से ऊपर उठकर आत्मा की परमात्मा में विलीन हो जाने की अभिव्यक्ति है। मुझे विश्वास है कि यह पुस्तक आप सभी को जीवन के विभिन्न पहलुओं से रूबरू कराएगी। जीवन में नव ज्योति का संचार करने में भी सफ़ल होगी। मेरा अनुरोध है कि आप सभी मुझे अपना आशीष प्रदान करें जिससे मैं साहित्य सेवा के पथ पर निरंतर आगे बढ़ती रहूँ।

**डॉ शाहिदा**
*प्रबन्धक*
*न्यू एंजिल्स सी. से. स्कूल*
*प्रतापगढ़, (उ.प्र.)*

*डॉ दयाराम मौर्य 'रत्न'*

# शुभकामना संदेश

डॉ. शाहिदा जी की रचनाएँ शाश्वत और कालजयी हैं प्रखर कव्यित्री डॉ. शाहिदा का ग़ज़ल संग्रह उतकृष्ट ग़ज़लों का सुवासितऔर मनमोहक गुलदस्ता है। एक तरफ़ प्रत्येक ग़ज़ल में स्निग्ध भाव और दूसरी तरफ़ उम्दा और रुचिपूर्ण शैली। रचनाओं के अनुशीलन से अनेक काव्यमय और पद्यात्मक प्राप्तियाँ पाठक ग्रहण कर सकता है। डॉ. शाहिदा का व्यक्तित्व बहुमुखी है जितना लगाव उन्हे शिक्षा और समाजसेवा से है उतना ही साहित्य से है। हिन्दी के साथ साथ उर्दू और अग्रेज़ी भाषाओं की भी जानकार हैं। विगत में उनकी एक पुस्तक आईना और अनेक कृतियाँ प्रकाशित हो चुकी हैं। सभी कृतियाँ साहित्य जगत में चर्चित हैं। शिक्षा विद और समाज सेवी के रूप में उनकी ख़ासी पहचान है। कहीं उससे अधिक प्रसिद्धि वे साहित्यकार के रूप में प्राप्त कर रही हैं। मैंने उनकी ग़ज़लों को गहराई से आत्मसात किया है डॉ. शाहिदा ने कठिन संघर्ष से जीवन में ऊँचाई प्राप्त की है। उनका जीवन खट्टे मीठे अनुभवों को प्राप्त करते बीता है। उन्होने कभी पीछे मुड़कर नहीं देखा। उनकी तपतर्या का प्रकाश उनकी रचनाओं में दृष्टिगत होता है। ऐसे ही लोग रेत पर अपने कदमों के निशाँ छोड़ जाते हैं।

उनकी एक ख़ूबसूरत ग़ज़ल देखिये.............

इस रेत पे क़दमों के निशाँ छोड़ गया कौन?
दरिया पे जो साया था उसे तोड़ गया कौन?
इस इश्क़ की टहनी पे टंगे थे मेरे कुछ पल
झटके से इन्हें पल में बता तोड़ गया कौन?

यह दुनिया एक है पर दुनिया में जो कुछ भी है भिन्न-भिन्न है विविधता ही इस दुनिया की ख़ासियत है। ऐसे भी लोग होते हैं जो विविधता में भी एकरूपता या समानता उत्पन्न कर देते हैं।

दुनिया तो मेरी एक है पर तन्हा है हर कोई
टूटे हुए तारों को मेरे जोड़ गया कौन?
रिश्ते तो रहे संग तमाम उम्र मेरी जाँ
इस अंत समय जाल में मुँह मोड़ गया कौन?

जिससे प्रेम होता है व्यक्ति उसी की यादों में खोया रहता है। प्रेम मनुष्य की मूल प्रवृत्ति है, यदि प्रेम वासना भवमुक्त है। तो वह नैसर्गिक हो जाता है। कबीर का प्रेम है ....................."ढाई आखर प्रेम का पढ़े सो पण्डित होय"

ख़्वाब में पास आ रहा है कोई
रोज़ मुझको बुला रहा है कोई

इन हवाओं में घोलकर ख़ुश्बू
सोये अरमाँ जगा रहा है कोई

हुस्न का साज़ लेके हाथों में
प्यार का गीत गा रहा है कोई

काव्य संग्रह की हर रचना एक आशावादी रचना है। इनमें अनेक संदेश छिपे हैं.. इतिहास वीरों का बनता है कर्मवीर मरने के बाद भी अमर रहता है। उसके न रहने पर भी दुनिया उसके प्रेरक कार्यों से प्रेरणा लेती है। सृजन प्रतिभा की धनी कव्यित्री डॉ. शाहिदा की सभी रचनाएँ प्रेरणा से भरी हैं। देखिये एक रचना.......

सोच रही है सदियों से ख़ामोश क़लम
अब मैं कुछ लिख डालूँ ये दिल करता है

'शाहिद' इन हालात-ए-वतन पर अब तो मैं
इन्क़लाब इक लिक्खूँ ये दिल करता है

कविता और कहानियों का निर्माण भी एक महत्वपूर्ण कार्य है। लेखक व कवि संसार से चला जाता है किन्तु उसके द्वारा लिखी कविताएँ व कहानियाँ संसार में रह जाती है जिसे लोग पढ़ते हैं किसी लेखक को उसकी किताबें अमरत्व प्रदान करती हैं। समाज में सब कुछ अच्छा नहीं होता। इस समाज में अनेक विसंगतियाँ हैं। कार्य करने वाले की निंदा होती है निंदक कार्य करने वाले के मार्ग में अनेक बाधएँ उत्पन्न करते हैं। धोखा भी देते हैं कर्मवीर को इन बाधाओं से भी संघर्ष करना होता है। अन्य एक  रचना की सुन्दर पंक्तियाँ पढ़ें-

पिलाए प्यासे को जो भी पानी, उसे तुम उसका सवाब दे दो
हमारे हिस्से की शोहरतें से उसे भी कुछ बेहिसाब दे दो

जो कर चुकी हूँ गुनाह, मुझको अब उनका सारा हिसाब दे दो
गुनाह ये सब छुपाने हैं अब, मुझे भी कोई हिजाब दे दो

बस और कुछ भी नहीं है ख़्वाहिश, यही है पहली यही है आख़िर
जो ख़त में भेजा था तुमको मैंने मुझे सूखा गुलाब दे दो

ये प्रेम वो है कि जिसमें आधा अधूरा कुछ भी नहीं है 'शाहिद'
अढ़ाई आखर जो पढ़ना चाहे तुम उसको पूरी किताब दे दो

डॉ. शाहिदा की भाषा पर मज़बूत पकड़ है। सरल व सुबोध भाषा में वे गंभीर बात कह जाती हैं। उपमा, रूपक, श्लेष, यमक अलंकारों एवं विरोधाभास का प्रयोग स्वभाविक रूप में हुआ है। इनकी रचनाएँ वक़्त की रेत पर गहरे निशान छोड़ने में सक्षम हैं। यह ग़ज़ल संग्रह इनकी कीर्ति को बढ़ाएगा। बहुमुखी प्रतिभा की धनी डॉ. शाहिदा को उनकी दूसरी ग़ज़ल संग्रह "मैं शायर तो नहीं" के लिये दिली मुबारकबाद देता हूँ। मैं पुर उम्मीद हूँ कि इनकी क़लम से आगे भी इस तरह की रचनाएँ आती रहेंगी।

*डॉ दया राम मौर्य "रत्न"*
*कवि साहित्यकार*
*पूर्व प्राचार्य. सह ज़िलाविद्यालय निरीक्षक*
*सदस्य. प्रथम श्रेणी न्यायिक मजिस्ट्रेट*
*न्यायपीठ बाल कल्याण समिति, प्रतापगढ़*

सत्यमेव जयते

प्रसार भारती • PRASAR BHARATI

लोकेश कुमार शुक्ल
आई०बी०पी०एस०
सहायक निदेशक (कार्यक्रम)/कार्यक्रम प्रमुख

*Lokesh Kumar Shukla*
I.B.P.S.
Asstt. Director (Programme)/Programme Head

पत्रांक–एस0डी0 / मिस–1 / 2022 दिनांक 02.06.2022

शुभकामना–सन्देश

डॉ0 शाहिदा जी एक कुशल प्रबन्धिका होने के साथ ही एक कुशल, योग्य लेखिका और शायरा भी हैं। आपकी पुस्तक "मैं शायर तो नहीं" एक सुन्दर गज़लों का ख़ूबसूरत गुलदस्ता है। इस गज़ल–संग्रह में आपके इज़हारे–ख़्याल, सम्वेदनाएँ, सुमधुर भावनाएँ, सामाजिक सन्देश जैसे पहलू खिलकर और खुलकर आये हैं। इससे पाठकगण बिना प्रभावित हुए नही रह सकेंगे।

यह गज़ल–संग्रह निकट भविष्य में शीघ्र ही पाठकों के समक्ष आने वाला है। इसके लिए मैं डॉ0 शाहिदा जी को बहुत–बहुत धन्यवाद, शुभकामनाएँ–मुबारकबाद पेश करता हूँ। साथ ही उनके समुज्जवल भविष्य की कामना भी करता हूँ।

(लोकेश कुमार शुक्ल)

डॉ0 शाहिदा ख़ान
प्रबन्धिका
(एंजिल्स स्कूल, प्रतापगढ़ उ0प्र0)

*डॉ संगमलाल त्रिपाठी 'भँवर'*

# शुभकामना संदेश

डॉ.शाहिदा जी, प्रबन्धक एंजिल्स शिक्षण संस्थान, साहित्य प्रेमी, शायरा, शिक्षाविद एवं सम्पादक तथा प्रतापगढ़ जनपद में साहित्य की धुरी हैं। पूर्व में इनकी पुस्तक "आईना" जो ग़ज़ल, गीत और अगीत का संग्रह थी प्रकाशित हो चुकी है। बड़े हर्ष का विषय है कि इनकी एक और ग़ज़ल संग्रह "मैं शायर तो नहीं" शीघ्र ही प्रकाशित होने जा रही है। यह जानकर मुझे बेहद खुशी हुई जहाँ तक मेरे संज्ञान में है कि इस नई पुस्तक की ग़ज़लें एक बार ज़रूर मुझे देखने को मिली हैं। इस किताब की ग़ज़लें बहुत ही मुकम्मल है और पाठकों को सामाजिक, भारतीय संस्कृति से ओतप्रोत ग़ज़लें पढ़ने को मिलेंगी।

मैं इस ग़ज़ल संग्रह हेतु डॉ.शाहिदा जी की भूरि-भूरि प्रशंसा करता हूँ और आशीर्वाद स्वरूप चाहता हूँ कि मेरी यह छोटी बहन इसी प्रकार अपनी लेखनी चलाती रहे और समाज व साहित्य को ऐसे ही सही दिशा देती रहे।

इन्हीं मंगलकामनाओं के साथ डॉ. शाहिदा जी को बहुत-बहुत हार्दिक धन्यवाद।

*डॉ संगमलाल त्रिपाठी 'भँवर'*
प्रान्तीय अध्यक्ष, कविकुल
प्रतापगढ़ उ.प्र.,
अध्यक्ष शैल साहित्यिक संस्थान एवं
तुलसी साहित्य अकादमी, प्रतापगढ़ शाखा

# अनुक्रम

# ग़ज़लें

✻

कितना मासूम सा दिल ये धड़कता क्यूँ है
यादे माज़ी से हमेशा ये सिसकता क्यूँ है

सर्द मौसम हो यहाँ या गर्म हवाएँ हों
ख़ारों से भरा गुल ये महकता क्यूँ है

इक तलातुम सा है दरिया के भी सीने में
वो मगर ठहरे हुए पानी में सँवरता क्यूँ है

मयखाने से वो गुज़रा है मगर मय तो नहीं पी
मंज़िल पे मगर वो भी बहकता क्यूँ है

उसकी आहट तो कई बार मिली है मुझको
उससे मिलने को मेरा दिल ये तड़पता क्यूँ है

मौत चुपके से दबे पाँव चली आएगी 'शाहिद'
घर के दरबान वो हर रोज़ बदलता क्यूँ है

✽

हवाओं ने थपथपा कर बड़ा काम कर दिया
कश्ती मेरी इस पार थी उस पार कर दिया

मैं खुश था मेरे हालात भी बेहतर थे मगर
चंद रिश्तो ने जिंदगी से बेजार कर दिया

उसने किया था वादा कसमें बहुत थी खाई
उंगली उठा कर मुझको शर्मसार कर दिया

जिसको मयस्सर नहीं थी दो रोटियाँ भी
ख़्वाबों में तूने उसको मालामाल कर दिया

मरने के बाद मिली दो गज जमीन भी
एक भिखारी को तूने ज़मींदार कर दिया

मिट्टी की ख़ुश्बू लिए आया हवा का झोंका
बारिश की बूँदों ने चमन गुलज़ार कर दिया

*

महलों में रहने वालों की शहरों में मनमानी है
कुटियों में रहने वालों के चेहरे पे वीरानी है

सब पर ज़ुल्म जो करते हैं वो लोग तो मुजरिम होते नहीं
सूली पे टांगे जाते हैं बस जो करते नादानी हैं

गुज़रा है और क्या क्या हम पर वो भी कभी बतलायेंगे
लुटी थी बेटी की असमत वो भी एक कहानी है

एक मुसाफ़िर हम भी हैं पर अलग हैं थोड़े से तुमसे
हम सदियों से गंगा जमुना के ही बहते पानी हैं

तूफ़ानों से टकराकर हम कश्ती पार लगाते हैं
हम बहते नहीं उस ओर जहाँ भी मौजों की रवानी हैं

मैं पहले भी देख चुका हूँ ऐसे कई तूफ़ाँ पर
इस रात को ऐसे मत ले ये रात बहुत तूफ़ानी है

माँ बहनों की इज़्ज़त के लिए 'शाहिद' कुछ भी कर जाए
जान की बाज़ी लगाने की ये आदत बड़ी पुरानी है

*

रफ़्ता-रफ़्ता वो मेरी नज़रों से ओझल हो गये
फिर ये लम्हे ज़िन्दगी के और बोझिल हो गये

मुस्कुराहट लब पे है और दिल भी ग़म से चूर है
एक भी ख़ंजर चला ना और घायल हो गये

इस जुदाई की चुभन से हम कभी वाक़िफ़ न थे
सच कहें इस दर्द के अब हम भी क़ायल हो गये

अब ज़रा आँसू थमें तो ये नज़र भी रखनी है
क़ाफ़िले में मजनुओं के कौन शामिल हो गये

हम इसी उम्मीद पर ज़िन्दा हैं लौट आयेगा वो
राह तकते तकते जिसकी हम ही साहिल हो गये

✻

आवाज़ नये गीत सुनाने के लिये है
ये साज़ तो संगीत बजाने के लिये है

ये रंजो-ग़म-ए-दुनिया दिखाने के लिये है
ये आपका अंदाज़ सताने के लिये है

ये चाँद दिखाकर दिया जाता है दिलासा
तारीकी-ए-शब ग़म को बढ़ाने के लिये है

साँसों का सुकूँ चाहती है ज़िंदगी मेरी
धड़कन की सदा तुझको बुलाने के लिये है

मेहमान हैं ख़ुशियाँ तो फ़क़त चार दिनों की
दुःख-दर्द मेरा साथ निभाने के लिये है

✻

हालाते-जहाँ देख के घबराये हुए हैं
ये अब्र-ए-ग़म-दो-जहाँ जो छाये हुए हैं

मन यूँ तो हमारा भी कोई ख़ुश तो नहीं पर
हम फिर भी तेरे मन को तो बहलाये हुए हैं

उस ओर ज़रा देख फ़ना नाच रही है
दुश्मन के दिल-ओ-जान को दहलाए हुए हैं

जो लाल हुए जाते हैं हम देख के तुमको
ये नैन तुम्हारे भी तो शरमाए हुए हैं

पहले तो उन्हें साफ़ किया जाए यहाँ से
जो गंदी सियासत यहाँ फैलाए हुए हैं

लाशों के जहाँ देखो वहाँ ढेर हैं 'शाहिद'
हम चारों तरफ़ देख के थर्राये हुए हैं

✻

शम'अ जलती रही, साज़ बजता रहा
मोम सा दिल हमारा पिघलता रहा

रात ढलती गयी, रक्स करती गयी
बादलों का खटोला भी चलता रहा

महफ़िलें यूँ जवाँ हो गयीं धीरे-धीरे
हर क़दम धुन पे यूँही थिरकता रहा

हमको महसूस बिल्कुल हुआ ही नहीं
वक़्त चुपके से लेकिन गुज़रता रहा

इतने बरसों में हम लोग मिल ना सके
प्यार फिर भी तेरा दिल में पलता रहा

आफ़रीं-आफ़रीं कह उठें लोग सब
आँख में ख़्वाब उसकी मचलता रहा।

✲

एक ही तो चलन उसकी महफ़िल का है
बस वो रूठा रहे हम मनाते रहे

हम पे गुज़रेगी क्या कुछ भी सोचा नहीं
दास्ताँ अपने दिल की सुनाते रहे

हमको मालूम था बारिश आने को है
नाव काग़ज़ की फिर भी बनाते रहे

हमको मिलता रहा यूँ ही धोखा मगर
अश्क आँखों में ले मुस्कुराते रहे

ख़ुद की तालीम कुछ भी नहीं थी मगर
हमें निसाबे-मोहब्बत सिखाते रहे

रात भर गुफ़्तगू चाँद-तारों से की
देके थपकी हम अरमाँ सुलाते रहे

❁

डर रहा हूँ मैं ये आँधियाँ देखकर
मौत की हर तरफ़ झाँकियाँ देखकर

घूमता फिर रहा हूँ परेशान मैं
सब हैं हैरान हैरानियाँ देखकर

घर में सामान उसके है बिखरा हुआ
रो दिया हर बशर चूड़ियाँ देखकर

कलियाँ खिलने से पहले ही मुरझा गयीं
हर कोई कह रहा आशियाँ देखकर

देखते ही मुझे दौड़ कर आएगी
कह रहा है पिसर, सीढ़ियाँ देखकर

रब ने इन्साँ बनाया था 'शाहिद' मगर
वो है शर्मिन्दा हैवानियाँ देखकर

✻

रुख़ जाने-तमन्ना का दिखा क्यूँ नहीं देते
अब बीच से चिलमन को हटा क्यूँ नहीं देते

हम बैठे हैं लेने को हर इक वार तुम्हारा
तुम तीर मोहब्बत का चला क्यूँ नहीं देते

मुमकिन है कि इन बूँदों को तुम शोला बना दो
फिर पानी में तुम आग लगा क्यूँ नहीं देते

अफ़साने दबाये हुए बैठे हो भला क्यों
सब कुछ उसे धीरे से सुना क्यूँ नहीं देते

इक जान इधर है तो है इक जान उधर भी
आकाश से धरती को मिला क्यूँ नहीं देते

मयख़ाना भी है साक़ी भी और साग़रो-ख़ुम भी
तुम जाम मोहब्बत का पिला क्यूँ नहीं देते

तुम फूल लिये जाते कहाँ हो मेरे यारो
तुम इनको शहीदों पे चढ़ा क्यूँ नहीं देते

तूने जो दिखाया था मेरे मूसा को अल्लाह
वो मोजिज़ा 'शाहिद' को दिखा क्यूँ नहीं देते

✻

आइने को तो सच ही बोलना है
बात तो पहले हमको सोचना है

जो भी कुछ है तुम्हारी आँखों में
राज़ एक-एक करके खोलना है

माँ की गोदी न छोड़ता था जो
अब उसे ज़िन्दगी में दौड़ना है

ये तराज़ू भले ही झूठ का हो
अब तो हक़ को ही हक़ से तोलना है

बेटा बेरोज़गार है मेरा
बेटी के ब्याह का भी सोचना है

फाँस बन जाए ज़िंदगी की जो
ऐसा बेकार रिश्ता तोड़ना है

बाँध लो अब गिरह मेरे यारो
प्यार को प्यार से ही जोड़ना है

✻

हमको आवाज़ देकर बुलाया करो
बज़्म ग़ज़लों की जब तुम सजाया करो

ऐसे चुपचाप रहने से होगा न कुछ
कोई शिकवा हो गर तो बताया करो

कितनी प्यारी हँसी है तुम्हारी सनम
आके ख़्वाबों में मुझको हँसाया करो

सब गुनाहों की बख़्शिश करेगा ख़ुदा
सर नमाज़ों में अपना झुकाया करो

फिर अँधेरा यहाँ आएगा ही नहीं
इक दिया दर पे अपने जलाया करो

ग़ज़लें तो सुन रखी हैं तुम्हारी पर अब
गीत हम्दो-सना के सुनाया करो

ठीक पहले करो अपने अंदाज़ तुम
दूसरों को सबक़ मत सिखाया करो

ज़िन्दगी के ग़मों को भुलाकर हमें
प्यार कर-करके पागल बनाया करो

गर बिछड़ना है तो बिछड़ो इक बार में
हसरतें इस तरह ना जगाया करो

❁

हमने कोशिश की हँसाने की मगर हो न सका
कोशिशे-ग़म को छिपाने की मगर हो न सका

जो नशेमन में लगी थी उस आतिश को मियाँ
हमने कोशिश की बुझाने की मगर हो न सका

रूठी-रूठी सी मोहब्बत तू हमारी है सनम
हमने कोशिश की मनाने की मगर हो न सका

एक अफ़साना जो बरसों से है इस दिल में निहाँ
हमने कोशिश की बताने की मगर हो न सका

एक चिंगारी थी जो शोला बना चाहती थी
हमने कोशिश की दबाने की मगर हो न सका

तेरे दरबार में इस जान की दौलत 'शाहिद'
हमने कोशिश की लुटाने की मगर हो न सका

*

ज़ख़्म अपने कुरेदते क्यूँ हो
तोड़कर गुल को देखते क्यूँ हो

ख़त जो लिखते हो आप मेरे लिए
अश्क के संग भेजते क्यूँ हो

फूल ख़त में जो भेजता हूँ तुम्हें
फ़र्श पर ऐसे फेंकते क्यूँ हो

क्या नहीं दिख रहा है जिस्म मेरा
मेरी साये को घूरते क्यूँ हो

आग मैंने लगाई थी तो क्या
हाथ तुम अपने सेंकते क्यूँ हो

जब नहीं है मेरा वजूद कोई
प्यार से मेरे खेलते क्यूँ हो

डूबना जब है आपकी मंज़िल
आप लहरों पे तैरते क्यूँ हो

✽

गुलों से ख़ुशबू ओझल है
चमन में कैसी हलचल है

चारों तरफ़ है ख़ामोशी
दिलों में कैसी उलझन है

जीवन में सुरताल नहीं
बीत रहा अब हर पल है

आँखो से टपका आँसू
शबनम बनती प्रतिपल है

नयन उनींदे, सपने सुहाने
याद तुम्हारी हर पल है

बेलौस मोहब्बत रांझा सी
आज कहीं भी मुश्किल है

इस दौरे-सियासत में देखो
चारों तरफ़ ही दलदल है

सच और अपनी अना 'शाहिद'
आज हमारा साहिल है

*

दिल के जज़्बात को महफ़िल में दिखाओ तो सही
उन ख़यालात को रुख़सार पे लाओ तो सही

कितने नादान हो घुट-घुट के जिये जाते हो
वो हसीं राज़ ज़रा खुल के सुनाओ तो सही

कौन हमराज़ था उन इश्क़ भरी रातों का
उसकी कुछ बात ज़रा हमको बताओ तो सही

जिसने छीनी है रिदा और अना लूटी तेरी
ऐसे मुजरिम का पता दर्ज कराओ तो सही

उसके दर से तुम्हें इन्साफ़ मिलेगा मेरे दोस्त
उसके दरबार में तुम इक बार को जाओ तो सही

✻

जो दिल में छुपा है वो बता क्यूँ नहीं देते
शिकवे जो हैं मुझसे वो सुना क्यूँ नहीं देते

वो होते हैं बुज़दिल कि जो घुटघुट के मरें रोज़
जो राज़ है वो राज़ बता क्यूँ नहीं देते

छिप-छिप के दबे पाँव जो आते हो मेरी सम्त
इस डर को अब इस दिल से भगा क्यूँ नहीं देते

पलकों के हसीं बाँध पे क्यों रोक रखा है
अश्कों के समन्दर को, बहा क्यूँ नहीं देते

ये ज़हर जो नफ़रत का फ़ज़ाओं में घुला है
तुम प्यार की इन सबको, हवा क्यूँ नहीं देते

क्यों इश्क़ नहीं किसी और से जाकर
तुम मेरी वफ़ाओं को, भुला क्यूँ नहीं देते

जो घोसलों से अपने बिछड़ जाते हैं 'शाहिद'
हम कोशिशें कर उनको मिला क्यूँ नहीं देते

✻

दिल के अल्फ़ाज़ को इक ज़ुबाँ चाहिये
इनको उड़ने की ख़ातिर जहाँ चाहिये

उस तरफ़ जाने की मुझको जल्दी भी है
और दरिया भी मुझको रवाँ चाहिये

ये बाद-ए-नसीम इक सज़ा है मुझे
हर सफ़र में मुझे आँधियाँ चाहिये

मुझको मायूस करती हैं आसानियाँ
मुझको जीने में दुश्वारियाँ चाहिये

फिर परेशानियाँ चाहे जितनी भी हों
सरपरस्ती को इक आस्माँ चाहिये

✲

लफ़्ज़ अश्कों से जब भीगते रह गये
हम लहू से उसे सींचते रह गये

मुट्ठी से रेत की तरह फिसला किया
वक़्त को हम यूँही देखते रह गये

वो भुलाकर हमें याद करता रहा
हम उसे रोज़ ही भूलते रह गये

दरमियाँ से मोहब्बत तो घटती रही
दिल के हालात से खेलते रह गये

मौत लेकर सभी को हवा हो गयी
शम'अ परवाने बस चूमते रह गये

ख़त हवा लेके आयी हमारे तईं
डाकिये तो पता ढूँढ़ते रह गये

ये दुआ है मेरी वो सलामत रहें
लोग सबका जो हक़ छीनते रह गये

✻

इस रेत पे क़दमों के निशाँ छोड़ गया कौन
दरिया पे बने अक्स को ये तोड़ गया कौन

बरसों से निगाहें थीं मेरी जिसके समर पर
एक पल में उसे शाख़ से यूँ तोड़ गया कौन?

हैरान हूँ मुझ भटके मुसाफ़िर को भला क्यों
मंज़िल की तरफ़ आज यूँ ही मोड़ गया कौन

दुनिया में किसी को भी ख़बर हो नहीं सकती
उलझे हुए तारों को भला जोड़ गया कौन

रिश्ते तो मोहल्ले में थे मेरे सभी अच्छे
इस अन्त समय पर मुँह मोड़ गया कौन

✻

शायरी क्या है? बस दिल की आवाज़ है
गुफ़्तगू का अनोखा ये अंदाज़ है

लफ़्ज़ों को जोड़कर कहना जो भी कहो
चाहे फिर वो ग़ज़ल का ही आग़ाज़ है

प्यार की धुन पे जो दिल में बजता रहे
इश्क़ जैसा निराला कोई साज़ है

तैरती हैं समंदर में नावें कई
आस्माँ की उड़ानों में अरबाज़ है

फ़लसफ़ा है समझना पड़ेगा इसे
ज़िन्दगानी का इसमें निहाँ राज़ है

दर्दे-दिल इसमें शामिल है और ग़म भी हैं
शायरी आपकी मेरी हमराज़ है

✻

वक़्त बीता और हर मंज़र कहानी हो गया
क्यों हवा का रुख़ अचानक ही तूफ़ानी हो गया

उस तरफ़ से जो उड़ाता था हँसी दरियाओं की
अब रवाँ उसकी तरफ़ दरिया का पानी हो गया

देश है वीरों का इसमें झाँसी की रानी भी है
देश का हर ज़र्रा अब इनकी निशानी हो गया

धूल धूसरित हो रही थी जो हमारी धरती माँ
बारिशों से रंग इस धरती का धानी हो गया

हट गये बादल ग़ुलामी के हुए आज़ाद हम
रंग 'शाहिद' सुर्ख़ जो था आसमानी हो गया

✻

इश्क़ से और मुश्क से क्यों भला शिकवा करें
इत्र से और ख़ुश्बू से क्यों न हम महका करें

लाख कोशिश कर लो तुम छिप नहीं सकता है इश्क़
आँच आये दोनों को, क्यों न हम ऐसा करें

दर्द मीठा सा हुआ इश्क़ की निम्बोली से
वस्ल की हर रात हम क्यों न यूँ बहका करें

आस्तीं के साँप ने आज मुझको डस लिया
जिस्म चलकर सबका क्यों न हम नीला करें

दोस्ती का हाथ हमने तो बढ़ाया था मगर
रंग उस पे प्यार का चढ़ने लगा तो क्या करें

✻

हथेली में जब लकीरें नहीं दुख की
माथे पर कोई शिकन भी नहीं
चेहरे पर थकन के आसार ही नहीं
फिर मेरा दिल इतना उदास क्यों है

तक़दीर तो उनकी भी हुआ करती है
हाथों में जिनके हथेली ही नहीं होती
पैरों में जिनके ताब नहीं है चलने की
फिर ये ज़ेहन इतना बदहवास क्यों है

हमसे कहते हैं वो हद में रहो अपनी,
तुमने आइने में अपनी शक्ल देखा है,
तुम्हारा क़द तो मेरे बराबर का नहीं,
क्या सोच रहे, नज़रों में प्यास क्यों है?

मेरा दिल भी देखो कितना पागल है,
हदें इसने पार कर दीं जिसके प्यार में,
धड़कनों में अब तलक कसक बाक़ी है,
आज भी इनको उसकी आस क्यों है?

मज़हब की दीवार गिरा दें, आज चलो चलकर दोनों
दूरियाँ दोनों दिलों कीं मिटायें, आज चलो चलकर दोनों

हम दोनों के गालों पर हो इस होली में रंग गुलाल
ईद में आजा गले लग जायें, आज चलो चलकर दोनों

आजा मोहब्बत की दुनिया में मिलकर क़ायम करें मिसाल
एकता का परचम फहरायें, आज चलो चलकर दोनों

सलमा की भी करें बिदाई, और राधा का ब्याह रचायें
दोनों बहनों की डोली उठायें आज चलो चलकर दोनों

अपने प्यार से सींच-सींचकर गुलशन के हर कोने को
चंपा और गुलमोहर खिलायें, आज चलो चलकर दोनों

बीज डालकर मानवता का 'शाहिद' सबके दिल में हम
इन्साँ को इन्सान बनायें, आज चलो चलकर दोनों

✽

ज़ुबाँ खामोश है मेरी मैं अब कुछ कह नहीं सकती
ये किसने बंद की बोली मैं अब कुछ कह नहीं सकती

चराग़े-दिल ये मेरा अब तुम्हारी ज़िम्मेदारी है
हवा ये किस तरफ़ झूमी, मैं अब कुछ कह नहीं सकती

फ़ज़ा में पहले सी हलचल नहीं है अब के ग़ुस्सा है
दिखा दी किसने इक तीली, मैं अब कुछ कह नहीं सकती

मुक़द्दर आज़माने की कभी कोशिश न करना तुम
मेरी क़िस्मत कहाँ होगी, मैं अब कुछ कह नहीं सकती

तबस्सुम उसकी फ़ितरत में तो है पर अश्क कब छलकें
कहाँ अब बारिशें होंगी मैं अब कुछ कह नहीं सकती

✻

न दिलबर न रहबर, न चाहत न चाहें
मुसाफ़िर हूँ जिसकी, न मंज़िल न राहें

तुम्हारा बदन सर से पा तक है ज़ख़्मी
नगर है नमक का, न फैलाओ बाहें

तड़पता हमें छोड़कर जा रहे हो
बताओ कि तुमको हम अब क्यों सराहें

ये बारिश में दीपक जलाना है बेकार
हैं बस चंद बूँदें न आँसू न आहें

जो थे दिल में दिल से उतरते गये हैं
बताओ ख़मोशी को, क्यूँ कर न चाहें

✻

मौज साहिल से टकरा रही है
लहर वापस पलट जा रही है

उसको ख़ुद में सिमटना था लेकिन
वो तो मुझमें सिमट जा रही है

आस जिससे थी दुनिया को तेरी
वो नज़र अब तो पथरा रही है

अपने दिल को करो थोड़ा रौशन
लौ हमारी बुझी जा रही है

जबकि कमरे तो ख़ाली हैं सारे
फिर ये आवाज़ क्यों आ रही है

आप ख़ुद को सँभालें तो, 'शाहिद'
ये महक दूर तक जा रही है

❁

ज़ख़्मों को कुरेदो तुम तो शायद तन्हाई कम हो जाए
खुद से बात करो तो यक़ीनन ये रुसवाई कम हो जाए

इश्क़ का अफ़साना लिक्खो कुछ ऐसे कि जलने वालों की
पढ़ते-पढ़ते रातें बीतें, और बीनाई कम हो जाए

राहे-वफ़ा पर तेरे आने से कुछ भी नहीं तो ये होगा
इक दिन दिल की दुनिया से कुछ हरजाई कम हो जाए

याद करोगे जब-जब तुम उस बीते दौर की अपनी बातें
अश्कों के बहने से शायद ख़ूँ की सिंचाई कम हो जाए

रहज़नी से बदनाम हुए अब राहनुमाई करके देखो
अभी कोशिशें और करो तो, शायद रुस्वाई कम हो जाए

थोड़ा झूठ तो चल, चल जाएगा अगर किसी के काम आये
ईमान नहीं खोना है भले ही कुछ सच्चाई कम हो जाए

✻

ज़िंदगी के लिये इक नयी सोच दो
इतनी छोटी नहीं कुछ बड़ी सोच दो

मुझको रोके नहीं, मुझको टोके नहीं
नदिया जैसी लहराती हुई सोच दो

हौसला मुस्कुराने का दिल को सिखाओ
ज़ेहन को जगमगाती हुई सोच दो

ग़लतियाँ कर चुके हो हज़ारों तो अब
तुम मेरे वास्ते तो सही सोच दो

मुझको देखे किसी भी नज़र से कोई
आप जैसी हूँ मैं आप सी सोच दो

मुझको काँटों की सोचों से कर दो रिहा
फूल हूँ मैं मुझे संदली सोच दो

✻

ख़्वाब में पास आ रहा है कोई
रोज़ मुझको बुला रहा है कोई

इन हवाओं में घोलकर ख़ुश्बू
सोये अरमाँ जगा रहा है कोई

हुस्न का साज़ लेके हाथों में
प्यार का गीत गा रहा है कोई

साँस रोके हुए है सय्यारे
उनका पैग़ाम ला रहा है कोई

पानी के छींटे मारकर मुझ पर
नींद से क्यों जगा रहा है कोई

तीरगी को बुलाया है मैंने
रौशनी क्यों बढ़ा रहा है कोई

✻

दास्ताने-ग़म सुनाना मेरे मर जाने के बाद
चेहरे से चादर हटाना मेरे मर जाने के बाद

आग से खेलो न तुम मैंने तुम्हें समझाया था
आग से ख़ुद को बचाना मेरे मर जाने के बाद

जान तुमको वास्ता है जान का जाने-जानाँ
अश्क बिल्कुल ना बहाना मेरे मर जाने के बाद

पूरी दुनिया को रुलाकर, आओगे जब मेरे पास
तुम ज़रा-सा मुस्कुराना मेरे मर जाने के बाद

जितना जी चाहे सताओ, जब तलक हूँ मैं यहाँ
ग़ैर को जाकर सताना मेरे मर जाने के बाद

इस जनम में मिल गये हो तो निभा लो मुझसे ही
उससे रिश्ते निभाना मेरे मर जाने के बाद

आओ गर मेरे जनाज़े में तो इतना कर दियो
तुम ज़रा काँधा लगाना मेरे मर जाने के बाद

✽

दिल की दुनिया में है अमावस, अँधेरे को छटवाओ
पूरनमासी कब आएगी ये मुझे कोई बतलाओ

फैल गया है फ़ज़ां में चारों ओर धुआँ काला-काला
इन्सान बनो तुम आगे बढ़कर, आग बुझाओ

मिटा दिया था सब्र-ओ-सुकूँ सब क़ौम के कुछ ग़द्दारों ने
पूरी दुनिया में जाकर अब शांति का परचम फहराओ

बहुत हो रहे हैं फ़साद अब, वक़्त आया है कोई तो
राम बनो, ईसा बन जाओ, या फिर रहमाँ ही बनजाओ

बिना तुम्हारे मेरा गोकुल, हे श्यामल वीरान लगे
कहाँ छुपे हो राधा के कान्हा, सुनो ज़रा बंसी तो बजाओ

धरती की बेचैन देखकर सबके नैना हैं बेहाल
तुम तो हो घनश्याम ज़रा घनघोर घटा तो बरसाओ

जिसने सियासत को सफ़ेद से काला करके छोड़ा है
उस पर तीन सौ दो लगवाकर पहले सूली पर चढ़वाओ

सब कहते हैं नया दौर है, 'शाहिद' अच्छे दिन आयेंगे
अच्छा पहले ये कर लो बीते दौर के दाग़ मिटाओ

❃

ऐसे भी कुछ ज़ख़्म हैं जो दिखलाये नहीं जाते
दिल के सब जज़्बात तो यूँ ही बताये नहीं जाते

छलकाना है तो पैमाना पियो और छलकाओ
महफ़िल में ख़ुशी की यूँ अश्क बहाए नहीं जाते

वो ही नहीं है तो फिर मय और मीना भी क्यों लायें
ये मयख़ाने बिन साक़ी के सजाए नहीं जाते

कैसे मिलेगी मुझको मेरे ख़्वाबों की ताबीर
नींद आती ही नहीं और ख़्वाब, बुलाए नहीं जाते

दामन में जो लगे हुए हैं पूरी उम्र के दाग़
वो अब धोकर इन हाथों से, मिटाए नहीं जाते

मैं तो पुरानी राहों को अब छोड़ आयी पीछे
रिश्ते नासूर बन गये वो, निभाए नहीं जाते

शर्म आती है बस उसकी रियाकारी पे शाहिद
हादसे ऐसे हुए ज़ेहन से जो भुलाए नहीं जाते

✲

दर्द-ए-दिल मुझसे छिपाते क्यों हो
रात में अश्क बहाते क्यों हो

रह गये ख़्वाब अधूरे सारे
महफ़िलें ऐसी सजाते क्यों हो

रिस रहा है मेरे ज़ख़्मों से लहू
दास्ताँ हमको सुनाते क्यों हो

आप रखिये ये सब अपने तक ही
बेवजह राज़ बताते क्यों हो

दरिया उम्मीद का फिर सूख गया
प्यास शबनम से बुझाते क्यों हो

तर्क-ए-ताल्लुक़ नहीं आसाँ 'शाहिद'
नाम तख़्ती से मिटाते क्यों हो

✻

रिश्ते सबसे निभाना बड़ी बात है
खाना मिल बैठ खाना बड़ी बात है

ग़म के बादल जो छाए हों चारों तरफ़
चाँद सा मुस्कुराना बड़ी बात है

ख़ुद तो काँटों पे चलना मगर हर समय
सबकी राहें बनाना बड़ी बात है

बच्चों से माँ परेशान हो फिर भी रोज़
दुख को हँसके उड़ाना बड़ी बात है

सिलसिला यादों का तो रहा एक उम्र
पल में सब भूल जाना बड़ी बात है

दिल की धड़कन हमारी धुआँ हो गयी
गीली लकड़ी जलाना बड़ी बात है

रूह ने गुम किया जिसको 'शाहिद' कहीं
उसको फिर ढूँढ़ लाना बड़ी बात है

✻

कब तुम अपनी बातों से बाज़ आओगे
दिल लगाओगे अगर पछताओगे

आईना जब टूटकर बिखरेगा तो
उसके हर टुकड़े में तुम नज़र आओगे

इतनी मायूसी है इस चेहरे पे अब
तुम इसे लेकर कहाँ तक जाओगे

वो गुज़र जाएगी सर से उसको तुम
साहिलों पर ढूँढ़ते रह जाओगे

एक दिन तो बेवफ़ा होना ही है
गीत तुम वफ़ा के कब तक गाओगे

मैं मिला उससे तो 'शाहिद' बोला वो
यार तुम तो जल्दी ही मर जाओगे

✽

कितने हैं संगे-मील हमें कुछ ख़बर नहीं
राहे-अदब से अब तो किसी का गुज़र नहीं

दुनिया का हाल पूछते हैं आप मुझसे क्यों
होशो-हवास गुम हैं मुझे कुछ ख़बर नहीं

जैसी बता रहा हूँ मैं वैसी ही बात है
इसमें तो एक शब्द इधर का उधर नहीं

तपिश सुरज की ज्यों आग बरसा रही
राह में पहले जैसे सायेदार शजर नहीं

'शाहिद' मेरी ख़ुदा से दुआ एक ही तो है
बस शांति हो देश में कोई समर नहीं

✻

यूँ अपनों को कोई भुलाता है क्या
किसी और से दिल लगाता है क्या

दग़ा देके हमराह को राह में
मोहब्बत किसी पर लुटाता है क्या

मुझे ख़्वाब में देखकर ये बता
कोई छीनकर नींदें जाता है क्या

हथेली पे लिखकर मेरा नाम फिर
तू पत्थर से उसको मिटाता है क्या

मेरे ख़्वाब सारे अधूरे रहे
मुझे सोने दे अब जगाता है क्या

कि जो ख़ाक सहरा में था छानता
उसे देखकर मुस्कुराता है क्या

कि ख़ुद बेवफ़ा जो कहे आपको
उसे बेवफ़ा तू बताता है क्या

✻

दिल से तुझको बेहद प्यार मैं करता हूँ
कुछ भी हो तुझ पे ऐतबार मैं करता हूँ

तेरी हवाओं में सरगोशियाँ बिखरी हैं
तेरे सब रस्ते हमवार मैं करता हूँ

तेरे सामने कभी ज़ुबाँ मैं खोलता नहीं
तेरा सजदा बार-बार मैं करता हूँ

हमदम है हमदर्द है तू और साथी भी।
ऐतराफ़ ये लाखों बार मैं करता हूँ

हमसफ़री का साथी नहीं है कोई तो
रस्ते को अब तो बेकार मैं करता हूँ

बेख़ुद रहना 'शाहिद' मुझको अच्छा लगता है
होशो-हवास को तार-तार मैं करता हूँ

✼

मेरा जीवन लम्हा-लम्हा बीत रहा है
इक पल ऐसा इक पल वैसा बीत रहा है

मुट्ठी से जैसे रेत फिसलती जाती है
वैसे हर पल इस जीवन का बीत रहा है

इस दुनिया से इक दिन सबको जाना है
सबका जीवन थोड़ा-थोड़ा बीत रहा है

दिन और रात इक सिक्के के दो पहलू हैं
सबको पता है वक़्त इनका बीत रहा है

'शाहिद' वक़्त की चाल चलो या फिर अपनी
इनका उनका क्या सबका बीत रहा है

✻

तर्क-ए-तअल्लुक़ उसने किया ख़त को फाड़कर
इज्ज़त उतार दी गयी घर से निकालकर

ग़म तेरा साथ लेके ही जाऊँगी हश्र में
उसको रखूँगी दिल की गुफ़ा में सँभालकर

अच्छा चलो मैं पूछ ही लेता हूँ ये सवाल
क्या पा सकोगे प्यार को नफ़रत में ढालकर

दिल के शिगाफ़ यूँ भी नहीं भर सके मेरे
क्या मिल गया नमक मेरे ज़ख़्मों पे डालकर

'शाहिद' तुम उसकी प्यार भरी बात मत सुनो
वो जायेगा गुबार के छल्ले उछालकर

✻

मुझे ये न पूछो कि, तुम कौन हो
तुम अपना बताओ कि तुम कौन हो

घने बादलों से तुम आये मगर
कहानी सुनाओ कि तुम कौन हो

मुझे राज़ ये जानना है अभी
मुझे सच बताओ कि तुम कौन हो

मैं हालाँकि पहचान सकती भी हूँ
पर चेहरा दिखाओ कि तुम कौन हो

दिल की धड़कन बढ़ी जा रही है
पास बैठो बताओ कि तुम कौन हो

✲

दर्द कितना है, क्या कहें तुमसे
ज़ख़्म गहरा है, क्या कहें तुमसे

जबसे निकले तुम्हारी खोज में हैं
हाल अब क्या है, क्या कहें तुमसे

ख़ाली-ख़ाली है ज़िंदगी अपनी
इश्क़ कैसा है, क्या कहें तुमसे

कुछ सुकूँ है न कुछ ख़ुशी है मुझे
कमी क्या-क्या है, क्या कहें तुमसे

इश्क़ पर शेर कहने का हमको
ज़ौक़ कैसा है, क्या कहें तुमसे

दिल के छोटे-बड़े शिगाफ़ों से
लहू छलका है, क्या कहें तुमसे

कुछ नहीं दिख रहा मुझे तो यहाँ
कितना कोहरा है, क्या कहें तुमसे

✻

ख़ौफ़ तारी आस्माँ पर है तो है
है घने पेड़ों का मंज़र है तो है

धूप होने से भी कुछ होगा नहीं
टेम्प्रेचर माइनस गर है तो है

क़ाफ़िलासालार अब भी चुस्त है
आँधियों में सारा लश्कर है तो है

क्या करें ऐसे में हम मर जायें क्या
ज़िन्दगी का ऐसा मंज़र है तो है

और कोई उसको रास आता नहीं
मीरा का मन श्याम ही पर है तो है

हश्र तक इंसानियत ज़िन्दा रहे
ये मुअम्मा मज़हबों पर है तो है

✻

शम'अ जलती रही साज़ बजता रहा
मोम सा दिल हमारा पिघलता रहा

रात ढलती गयी, रक्स करती गयी
बादलों का खटोला भी चलता रहा

महफ़िलें यूँ जवाँ धीरे-धीरे हुईं
हर क़दम धुन पे यूँ ही थिरकता रहा

आइये अब कमी आपकी लगती है
वक़्त बेवक़्त यूँ ही गुज़रता रहा

खिल उठी वो कली जो थी मुरझाई सी
उसके दिल में मेरा प्यार पलता रहा

लोग सब आफ़रीं-आफ़रीं कह उठे
आँख में ख़्वाब उसके मचलता रहा

✻

मेरा दिल तेरा तरफ़दार नहीं हो सकता
ये मेरा घर है ये बाज़ार नहीं हो सकता

सरफ़रोशी की तमन्ना हो ज़ेहन में जिसके
वो तो इन्सान है अवतार नहीं हो सकता

जिसको गुलशन से हो उन्स और दरख़्तों से चाह
वो किसी फूल से बेज़ार नहीं हो सकता

वो जो अपनी ही निगाहों में नहीं उठ पाए
ऐसे लोगों का मैं मेयार नहीं हो सकता

वो अभी तक जो हसद ही से न बाहर आया
वो मोहब्बत में गिरफ़्तार नहीं हो सकता

✻

हर जगह ही ऐसे वैसे लोग हैं
बात हल्की करने वाले लोग हैं

अपनी मंज़िल फूल वाली हैं मगर
राह में कुछ काँटे वाले लोग हैं

तू न आगे बढ़ सके हमसे कभी
बद्दुआ ख़ूब देने वाले लोग हैं

मैं बुलन्दी चूम लूँ कैसे भला
बस्ती में सब छोटे-वाले लोग हैं

इसलिए चारों तरफ़ अँधेरा है
इस गली में जलने वाले लोग हैं

हम जहाँ हैं बस यहाँ से थोड़ी दूर
थोड़ा प्यार करने वाले लोग हैं

✻

तन्हाई में रो लूँ ये दिल करता है
अब दूर चला जाऊँ ये दिल करता है

आहो-फ़ुगाँ शिकवे-नालों से क्या होगा
क्यों ना मैं चिल्लाऊँ ये दिल करता है

दिल की दुनिया कोरी-कोरी लगने लगी
तुमको अब मैं रंगूँ ये दिल करता है

अपनी आहें अब न छुपाऊँ तुमसे मैं
अपने ज़ख़्म गिनाऊँ ये दिल करता है

सोच रही है सदियों से ख़ामोश क़लम
अब मैं कुछ लिख डालूँ ये दिल करता है

'शाहिद' इन हालात-ए-वतन पर अब तो मैं
इन्क़लाब इक लिक्खूँ ये दिल करता है

*

दिल में अदावत होगी तो प्यार भला क्या होगा
इश्क़ तिजारत होगी, तो प्यार भला क्या होगा

हमको अमानत में जो मिली है दौलते-ईमाँ, अब
इसमें ख़यानत होगी, तो प्यार भला क्या होगा

जब दोनों ही आदी होंगे झूठ बोलने के
ऐसी रवायत होगी तो प्यार भला क्या होगा

आपस में नहीं मिलते और किसी से मिलते हैं
ऐसी आदत होगी तो प्यार भला क्या होगा

फ़ुटपाथी लोगों को देखते हो जो हिक़ारत से
इतनी नफ़रत होगी तो प्यार भला क्या होगा

✽

ये कहाँ ले आई हमको तू बता ऐ ज़िंदगी
है कोई क्या इसके आगे रास्ता ऐ ज़िंदगी

मंज़िलों में रंग भर और अपनी राहें ख़ुद सँवार
कारवाँ को अपने हाथों से सजा ऐ ज़िंदगी

सब पुराने ज़ख़्म मेरे धीरे-धीरे भर गये
ज़ख़्म दे दे मुझको तू फिर से नया ऐ ज़िंदगी

नींद आँखों में नहीं तो ख़्वाब कैसे आयेंगे
ले मुझे आग़ोश में लोरी सुना ऐ ज़िंदगी

यूँ करेगी बेवफ़ाई तू न सोचा था कभी
इन वफ़ाओं का दिया कैसा सिला ऐ ज़िंदगी

मैंने सुन रक्खा है तू तो ख़ूब तोहफ़े देती है
झोली है ख़ाली मेरी कुछ तो दिला ऐ ज़िंदगी

कोई मुझको ये बतलाएगा बरसों से 'शाहिद'
मिल रही किस बात की मुझको सज़ा ऐ ज़िंदगी?

✻

दिल ने इतना सताया क्यों है मुझे
रात-दिन बस रुलाया क्यों है मुझे

ऐसे ही जब सुलाना था मुझको
नींद से फिर जगाया क्यों है मुझे

हो गया आँसुओं से तर चेहरा
इतना आख़िर हँसाया क्यों है मुझे

काली चादर उढ़ा के बादल की
आस्माँ में छुपाया क्यों है मुझे

आज अमावस की रात है 'शाहिद'
रौशनी में तू लाया क्यों है मुझे

✲

शाम आ गयी तो आ गया उसका ख्याल भी
बरसों के बाद हो गया ऐसा कमाल भी

वो सादगी, वो उन्स है नज़रों में आपकी
फीका पड़ेगा चाँद का हुस्नो-जमाल भी

इस ज़िंदगी के मरहले कैसे करेंगे तय
किसको पता था आयेंगे ऐसे सवाल भी

ऐसा नहीं कि तुझको जलाल आता ही नहीं
देखा है हमने तेरे लहू में उबाल भी

जीने का इक सबब भी दिया और बरसों बाद
क़ायम की उसने आके यहाँ इक मिसाल भी

मुझको ख़बर नहीं थी कि मरने के बाद भी
कर देगा ऐसे वो मेरा जीना मुहाल भी

उफ़ न करूंगा ज़िन्दगी जीता रहूंगा पल-पल
मंज़ूर है ख़ुदा को अगर ऐसा हाल भी

*

ज़िन्दगी में ज़िन्दगी के ग़म न थे
ख़ुशबुएँ थी उस चमन में हम न थे

ज़ुल्म भी बेहद हुए थे हम पे, पर
ऐश के सामान भी वाँ कम न थे

क्या जवानी और क्या बचपन था वो
रास्ते में कोई पेचो-ख़म न थे

पास होकर भी रहे बस अजनबी
हम कभी भी आपके हमदम न थे

वक़्त मुकरा वरना तो 'शाहिद' मियाँ
बेवफ़ा तो तुमसे हरगिज़ हम न थे

✿

मुझको लोरी सुनाता नहीं कोई भी
अब गले से लगाता नहीं कोई भी

पहले हर बात पर ख़ूब हँसते थे सब
अब कभी मुस्कुराता नहीं कोई भी

बेवफ़ा होने से पहले डरते थे सब
अब तो इस पर लजाता नहीं कोई भी

पहले खाते थे मरने की क़समें सभी
वादे अब तो निभाता नहीं कोई भी

पहला न्यौता उसी को ही जाता था तब
उसको अब तो बुलाता नहीं कोई भी

अब तो रहते हैं मुझसे सभी दूर-दूर
पास अपने बिठाता नहीं कोई भी

कोई आये तो कैसे चले कुछ पता
अब सदा तो लगाता नहीं कोई भी

'शाहिद' अपने मकाँ में पड़ा है युँही
बज़्म में अब बुलाता नहीं कोई भी

✻

राह के पत्थरों से हमें कुछ गिला नहीं
अफ़सोस हमको आज तलक वो मिला नहीं

दर-दर की ख़ाक छानते पहुँचे हैं हम यहाँ
किन रास्तों से आये हैं कुछ भी पता नहीं

हम एक सिक्के के ही दो पहलू हैं आज भी
तुमसे बिछड़ गये हैं मगर हम जुदा नहीं

बस साथ दे न पायेंगे हालात और वक़्त
इन्सान वर्ना ऐसे तो कोई बुरा नहीं

मंज़िल को और दूर करो, मेरे साथियो
मैं दूरियों से थक के अभी तक गिरा नहीं

'शाहिद' ख़ुदा को मैंने तलाशा था तब, पर अब
उस शख़्स को मैं ढूँढ़ लूँ ये हौसला नहीं

✱

ख़्वाबों में आना-जाना तो मुमकिन नहीं
मुझको ऐसे सताना तो मुमकिन नहीं

दिन में चौबीस घंटे न हो और कुछ
इस तरह याद आना तो मुमकिन नहीं

जितने भी बच सकेंगे, बचायेंगे हम
सारे काँटे बचाना तो मुमकिन नहीं

ज़हर तुमसे तो ख़ुद नागिनें लेती हैं
ज़हर तुमको पिलाना तो मुमकिन नहीं

एक पल में यहाँ एक पल में वहाँ
साथ तुमसे निभाना तो मुमकिन नहीं

जिस तरह सूखे पत्ते बिखर जाते हैं
इस तरह बिखरे जाना तो मुमकिन नहीं

ख़त्म हो जाए आँखों का पानी मेरी
अश्क इतने बहाना तो मुमकिन नहीं

✻

हाकिमे-वक़्त ने कहा कुछ और
लेकिन अक्सर यहाँ हुआ, कुछ और

कल इसी जुर्म की सज़ा थी मौत
आज फ़रमान आ गया, कुछ और

मश्विरा ज़िन्दगी का सब देता
तू अगर दिल से माँगता, कुछ और

सबको कुछ और कह रहा था वो
उसका लेकिन इरादा था कुछ और

बद्दुआएँ हमें तो मिली 'शाहिद'
पर हमारे नसीब में था, कुछ और

✻

कि जैसी बीती हमारी तुम तो उसी तरह की कहानी लिख दो
बुढ़ापे को तुम बुढ़ापा लिख दो जवानी को जवानी लिख दो

अगर बताना नहीं किसी को तो छुप छुपाकर कहानी लिख दो
ज़मीं को आकाश लिख रहे हो तो हम सभी की निशानी लिख दो

अब इससे पहले कि दरिया जाकर समन्दरों में रवानी लिक्खे
तुम इसकी धारों को रोक लो और हर एक धारे पे पानी लिख दो

यहाँ के जाड़े में कोहरा जैसे सफ़ेद आसेब लग रहा है
तुम इस दुपहरी से धूप लेकर हमारी शामें सुहानी लिख दो

नहाकर आये हैं ओस में हम चमेली बालों में हँस रही है
सिंगार पूरा करेंगे लेकिन हमारी चूनर को धानी लिख दो

✻

जिसकी बस दो बूँदों से शांति आत्मा को मिल जाए
उस अथाह जल शक्ति को तू बस गंगा का पानी लिख दो

सृष्टि में धरती, आकाश, चाँद और सूरज जिसने बनाये
लिख सकता है तो फिर आ आकर उसका सानी, लिख दो

रंग बदलती दुनिया में रंग का कोई अर्थ नहीं
सच को सच तू मत बतला झूठ की कोई कहानी लिख दो

फिर बलिदान के बारे में आगे का लिखना इतिहास
पहले इस अध्याय में पन्ना धाय की कुर्बानी लिख दो

फ़ानी दुनिया में मेरे प्रेम का कोई मोल नहीं
कृष्ण लगन में फिरती हूँ मैं मीरा दीवानी लिख दो

'शाहिद' मैं तो जीते जी देख न पाया ये दुनिया
तू अब अपने गीतों में ज़रा मेरी हैरानी लिख दो

✻

रिश्ता किसी से जोड़ के तोड़ा नहीं गया
हमराह था मेरा उसे छोड़ा नहीं गया

अब बात मान लीजिये कि हार हो गयी
टूटे दिलों को आपसे जोड़ा नहीं गया

तुम अपनी मंज़िलों की तरफ़ तेज़गाम थे
हमसे तुम्हारी राहों को मोड़ा नहीं गया

ख़ुश्बू बिखेरनी थी हवा में मगर ख़ुदा
सूखी चमेलियों को निचोड़ा नहीं गया

सहमा सा मेरा दिल भी है और सोच है नहीफ़
'शाहिद' किसी से राब्ता तोड़ा नहीं गया

✽

अपनी हसरत को छोड़कर देखूँ
सारे ज़ख़्मों को जोड़कर देखूँ

राह आसाँ नहीं है काँटो भरी
अब मैं राहें मोड़कर देखूँ

मैंने ताउम्र उसकी पूजा की
अब भरम उसका तोड़कर देखूँ

अब भी ज़िन्दा है ये परिंदा क्या
दिल को अपने झिंझोड़कर देखूँ

इसके अन्दर निहाँ है रंग कोई
आज पानी निचोड़कर देखूँ

फिर सुकूँ 'शाहिद' आ सके शायद
मैं कफ़न तेरा ओढ़कर देखूँ

✻

उससे प्यार करोगे तुम आख़िर कब तक मेरी जान
इन्तज़ार कर लोगे तुम, आख़िर कब तक मेरी जान

वो परछाईं सा आया और चला भी गया आकर
बेक़रार यूँ होगे तुम, आख़िर कब तक मेरी जान

आईने में सिर्फ़ अपना अक्स नज़र आता है अब
इसको झुठलाओगे तुम आख़िर कब तक मेरी जान

ये कैसा नश्शा है जो, चढ़कर फिर उतरे न कभी
होश में कब आओगे तुम आख़िर कब तक मेरी जान

इन काँटों पर चलते-चलते उम्र तुम्हारी बीत गयी
मंज़िल पा जाओगे तुम आख़िर कब तक मेरी जान

जिस मिट्टी से आती हो वतन की ख़ुश्बू 'शाहिद' जी
उससे प्यार निभाओगे तुम आख़िर कब तक मेरी जान

✻

ज़िन्दगी में जो काँटों पे चलते नहीं
फूल गुलशन में उनके महकते नहीं

बढ़ते दुनिया में ज़ुल्मो-सितम ना अगर
आग हाथों में लेकर निकलते नहीं

उनको दिखता है अक्स अपना सबमें अलग
हर किसी आइने में सँवरते नहीं

कैसे सैय्यारे चलते स्याह रात में
नभ में गर चाँद तारे चमकते नहीं

प्यार करना ज़रा तुम समझकर
रिश्ते तो ऐसे बनते-बिगड़ते नहीं

जिनको 'शाहिद' न ईमाँ की कश्ती मिले
झूठ के दरिया से वो निकलते नहीं

✻

शर्म आएगी सर उठाने में
कैसे रह पाओगे ज़माने में

उम्र बीतेगी घर बनाने में
पल लगेगा सुनामी आने में

औरों की राह में न पत्थर फेंक
ख़ुद गिरेगा उन्हें गिराने में

चलो चलकर बताते हैं उसको
फिर मज़ा आएगा दिल दुखाने में

उनका कोई मुक़ाबला ही न था
वो तो थे मशहूर ज़ुल्म ढाने में

हाँ बनाने में वक़्त लगता है
वक़्त लगता नहीं मिटाने में

*

दुनिया में प्यार के लिये तरसा किया हूँ मैं
और इसके वास्ते ही तो दर-दर फिरा हूँ मैं

चिंगारी नफ़रतों की कहीं शोला न बने
दिन-रात काम इस पे ही करता रहा हूँ मैं

बारिश मोहब्बतों की हो हर इक समाज में
अल्लाह से दुआएँ ये करता रहा हूँ मैं

उम्मीद अच्छे वक़्त की अब तक भी है मुझे
ख़ुशियाँ ग़मों के दौर में ढूँढ़ता रहा हूँ मैं

बचपन के खेल गुम हुए इस उम्र-ए-रफ़्ता में
सांसें ख़रीदने को ही बिकता रहा हूँ मैं

किलकारियों की गूँज थी राहों में जिसकी तब
आहो-फ़ुग़ाँ अब उसके ही सुनता रहा हूँ मैं

'शाहिद' तुम आसमान के महताब हो गये
और इस ज़मीन पर ही बहकता रहा हूँ मैं

✻

सख़्त था वो अब जो मख़मल हो गया
लोग कहते हैं वो पागल हो गया

ख़ैर मैंने तो मोहब्बत की थी यार
तू बता तू कैसे घायल हो गया

जो बहाये तूने झूठे अश्क तो
मैं तो सच में तेरा क़ायल हो गया

चाँदनी रात थी, सितारों भरी माँग थी
बादल का टुकड़ा चाँद पर हायल हो गया

कल तलक 'शाहिद' की नज़रें ही थीं बस
आज तुझ पे दिल भी माइल हो गया

✻

ख़्वाहिशात का पीछा हमने छोड़ दिया
आरज़ुओं का रस्ता हमने छोड़ दिया

तब से जैसे ग़ायब हो गये सारे ख़याल
जब तुमको ख़त लिखना हमने छोड़ दिया

हम हैं क़ातिल और नहीं कोई दूजा
जिस्म पे ख़ूँ का धब्बा हमने छोड़ दिया

बस काग़ज़ अब काले करते रहते हैं
इश्क़ की ग़ज़लें कहना हमने छोड़ दिया

दूर गये थे तुम ही शाहिद 'शाहिद' है
ये मत कहना तन्हा हमने छोड़ दिया

✻

इश्क़ नहीं है रस्मे-दुनिया निभा रहे हैं
वादा किया था कभी, उसको निभा रहे हैं

चाँदनी रात में आग लगाई थी जो हमने
अपने हाथों से अब हम ख़ुद ही बुझा रहे हैं

जिनकी राहें हमने कल तक रोक रखी थी
उनकी राहों से अब पत्थर हटा रहे हैं

इस गुनाह में सब शामिल हैं तब ही तो ये
दुनिया वाले हमसे नज़रें चुरा रहे हैं

आप इस रौशनी से अब इतना जल क्यों रहे हैं
हम जो अपने घर में दीपक जला रहे हैं

हमको सज़ाएँ 'शाहिद' गर हो सकें तो दो और
हम ग़लतियों पे अपनी अब भी पछता रहे हैं

❁

तू ख़ुशी बन के मुझपे छा जाए
चाँद जो आसमाँ पर आ जाए

वो जो फिरता है इर्द गिर्द मेरे
आज दिल में मेरे समा जाए

पेड़ बेबर्ग हो गये हैं जो
काश इन पर शबाब आ जाए

जिसको आदत नहीं है पीने की
तेरे नश्शे में डूब ना जाए

तब भी माहौल होता है ग़मगीन
जब अचानक बहार आ जाए

✽

यादें बनाके दिल में बसाया गया मुझे
बीता हुआ समझके भुलाया गया मुझे

हालाँकि रौशनी की ज़रूरत तो थी नहीं
होते ही शाम फिर भी जलाया गया मुझे

देता था रौशनी मैं बिना बाती तेल के
दीपक समझ के दिन का बुझाया गया मुझे

दुनिया करेगी याद मुझे एक दिन ज़रूर
ज़िन्दा था मैं तो ख़ूब सताया गया मुझे

वो आसपास ही था मगर झूठ बोलकर
बेवजह इन्तज़ार कराया गया मुझे

✻

उसके आने का इन्तज़ार नहीं
और यूँ भी नहीं कि प्यार नहीं

नाव पर तो यक़ीन है लेकिन
मुझको दरिया पे ऐतबार नहीं

कैसे क़ाबू करूँगा तुझको मैं
मेरा ख़ुद पर ही इख़्तियार नहीं

आईने में मेरी हँसी देखो
तुमसे किसने कहा कि प्यार नहीं

अब तो मयख़ाना ही मुनासिब है
उनकी आँखों में अब ख़ुमार नहीं

मिल लिया हूँ मैं तेरे 'शाहिद' से
अब मैं बिल्कुल भी बेक़रार नहीं

✻

ऐसा लगा कि गुल से मुलाक़ात हो गयी
चेहरे पे जिस हँसी से मेरी बात हो गयी

आने से उनके सुबह मेरे घर में आयी थी
जब वो चले गये तो मेरी रात हो गयी

सूरज, सितारे चाँद तो मदहोश हो गये
पलकें झपकने से तेरे बरसात हो गयी

जाने कहाँ से तुझको नयी चाल सूझ आई
मैं तो समझ रहा था मेरी मात हो गयी

ये किसने गुल खिलाया यहाँ रेगज़ार में
हैरान हूँ मैं कैसे करामात हो गयी

जो ऐश और आराम मुझे आपने दिए
ख़ुशियों की मेरे घर में तो बारात हो गयी

*

दिल के कोने में जो बसता रहा वो मैं ही हूँ
रात भर ख़्वाब में जो दिखता रहा वो मैं ही हूँ

राख के ढेर में इक छोटी सी चिंगारी से
शोला बनकर जो भड़क उट्ठेगा वो मैं ही हूँ

आसमानों में भले धूल के उट्ठे हों गुबार
वो सितारा जो चमकता रहा वो मैं ही हूँ

तुम मुझे बेहिसो-बेजान कहो लाख मगर
बन के सीने में जो दिल धड़का था वो मैं ही हूँ

मेरी आँखों को कभी ग़ौर से देखा 'शाहिद'
वो जो पानी की तरह ठहरा था वो मैं ही हूँ

*

बिन उसके भी, दिल को मेरे राहत न थी हरगिज़
अपना उसे करना है ये हसरत न थी हरगिज़

एहसास ही कर सकता था मैं उसका मेरी जान
मैं पा सकूँ उसको मेरी हिम्मत न थी हरगिज़

इज़हार-ए-ख़यालात की आदत न थी हरगिज़
ये प्यार जताने की भी उजलत न थी हरगिज़

वो समझे मुझे इल्तेजा थी मेरी फ़क़त ये
दुख पहुँचे उसे ये मेरी नीयत न थी हरगिज़

इस प्यार के तो रूप अलग हैं मेरे साथी
इक दोस्त से ज़्यादा मेरी चाहत न थी हरगिज़

✻

समझ लीजे कि उनका कोई सरमाया नहीं होता
वो जिनकी ज़िन्दगी में ग़म का साया ही नहीं होता

अगर माना नहीं होता बहन मैंने तुम्हें मन में
तो धागा राखी का तुमसे बँधाया ही नहीं होता

चलो मिलकर हम आपस में दुखों को बाँट लेते हैं
सब एइक से हो तो फिर कोई पराया ही नहीं होता

तो औरों की तरह मुँह मोड़कर हम भी निकल जाते
हमें दर्द अपना रो-रोकर बताया ही नहीं होता

अगर देना था ऐसा ज़ख़्म जो नासूर बन जाए
यही करना था तो मरहम लगाया ही नहीं होता

वो तो आवाज़ दी थी मुझे कुछ फूल वालों ने
वगरना मैं तो खुलकर मुस्कुराया ही नहीं होता

✻

बाद मेरे मेरी भी तो कहानी होगी
और कहानी याद सभी को ज़ुबानी होगी

अपने अफ़साने भीगे होंगे दर्दों में
और मोहब्बत थोड़ी सी रूमानी होगी

कहीं झरना कहीं बहता हुआ पानी
लहरों में भी नग़्मों की सी रवानी होगी

हूक दिलों में उठती है तो और अच्छा है
उलफ़त को समझाने में आसानी होगी

ये शम्सो-क़मर ये मौसम देख न पायेंगे
अपनी मोहब्बत वैसे भी रूहानी होगी

बोल सुनो तो ऐसा भी लगता है 'शाहिद'
इन गीतों की लय तो और पुरानी होगी

✽

उसको मुझसे प्यार हुआ
पर न कभी इज़हार हुआ

कोई किसी से नहीं मिला
गुलशन कब गुलज़ार हुआ

उसने नींद उड़ा दी मेरी
आँखों का जो ख़ुमार हुआ

कुछ न दिखा फिर उनके बाद
जब उनका दीदार हुआ

आसाँ जीवन होने लगा
सुख दुख साझेदार हुआ

हो गयी पूरी दिल की दुआ
सपना मेरा साकार हुआ

✻

पिछले कुछ सालों में जो पाए हैं
ज़ख़्म एक इक गिना रही हूँ उन्हें

सुनती आयी थी जिनके क़िस्से मैं
दास्तानें सुना रही हूँ उन्हें

खो चुकी थी जिन्हें बहुत पहले
अपना फिर से बना रही हूँ उन्हें

अब भी रूठे हुए हैं मुझसे वो
रात भर से मना रही हूँ उन्हें

हाल 'शाहिद' जो पूछते हैं मेरा
दर्द अपना सुना रही हूँ उन्हें

✽

दिलों मे हमारे मोहब्बत भी दे दो
कि हम बन सकें कुछ वो अज़मत भी दे दो

हैं दामन में आँसू हज़ारों हमारे
ख़ुदारा मोहब्बत की दौलत भी दे दो

ये तन-मन दिया है बहुत अच्छा तुमने
वतन पर लुटाने की आदत भी दे दो

ख़ुशी में हैं मसरूफ़ लेकिन हमें तुम
दुखों को मिटाने की फ़ुर्सत भी दे दो

न वहशत में हम ख़ुद को मिस्मार कर लें
हमें अपनी अल्लाह रहमत भी दे दो

ये हसरत है ख़ुशहाल दुनिया भी देखें
इन आँखों को अब थोड़ी मोहलत भी दे दो

✽

ख़ुद को लोग ऐसे छुपा लेते हैं
चेहरे पे चेहरा लगा लेते हैं

हम तो क़ायल हैं निगाहे-नम के
आस्मां सर पे उठा लेते हैं

दिल समन्दर से नहीं लेते काम
चश्मे से प्यास बुझा लेते हैं

उनकी अंगड़ाइयाँ जब देखते हैं
दिल में अरमान दबा लेते हैं

करके तूफ़ान रिहा पहलू से
आँधियाँ ख़ुद में छिपा लेते हैं

हम अँधेरा नहीं होने देते
शम-ए-उम्मीद जला लेते हैं

✻

जानते हो कि इबादत क्या है
किसी रोते को हँसाकर देखो

मन को फिर कितना सुकूँ मिलता है
किसी भूखे को खिलाकर देखो

तुमको अँधेरा दिखाई देगा
घर में तुम शम'अ जलाकर देखो

धन्य हो जाएगा जीवन पूरा
प्यासे को पानी पिलाकर देखो

फिर बताऊँगा तुम्हें मंज़िल भी
मील का संग बनाकर देखो

✽

एक मुसाफ़िर तन्हा है और मंज़िल अब भी दूर है
कश्ती दूर समंदर में और साहिल अब भी दूर है

सबकी ख़्वाहिश, सबकी मोहब्बत हासिल हो भी तो कैसे
इश्क़, मोहब्बत, प्यार का मेरा हर क़िस्सा मशहूर है

मनचाही मंज़िल पाने की ख़ातिर टोने करना
अपना सर पत्थर पे देना ये दिमाग़ी फ़ितूर है

हो सकता है न बन पाए और आये दुश्वारी हज़ार
फिर भी काम हमारा अब से कोशिश करना ज़रूर है

कोई सच तेरी महफ़िल में जब भी बोले तो ऐसे
जलता लोहा मुँह में डालो ये कैसा दस्तूर है

उसने तुझको मंज़िल तक पहुँचाया फिर भी 'शाहिद'
शुक्र ख़ुदा का करता नहीं तू यार बड़ा मग़रूर है

✽

कहीं बस्ती, कहीं सहरा, कहीं वीराना दिखता है
शमा को महफ़िलों में चारसू, परवाना दिखता है

चमन ने उसकी आमद मे हसीं महफ़िल सजायी है
गुलों की ख़ुशबू से हर शख़्स अब दीवाना दिखता है

सवेरा यूँ तो लेके आता है उम्मीद की किरणें
मगर दरिया अब मायूस और बेगाना दिखता है

जो अब नाराज़गी ही कुछ नहीं तो इससे बेहतर क्या
बड़ा ही ख़ूबसूरत अब तेरा मुस्काना दिखता है

ये मायूसी निगाहों में, उदासी से पटा चेहरा
अलम से और ग़मों से आपका याराना दिखता है

जिसे तुम सच बताकर पीटने लगते हो सर-माथा
मुझे तो झूठ से लबरेज़ ये अफ़साना दिखता है

हक़ीक़त में हैं कितने दाग़ 'शाहिद' चाँद पर देखो
ज़मी से चाँद हमको आज भी मस्ताना दिखता है

✻

पिलाए प्यासे को जो भी पानी, उसे तुम उसका सवाब दे दो
हमारे हिस्से की शोहरतें से उसे भी कुछ बेहिसाब दे दो

जो कर चुकी हूँ गुनाह, मुझको अब उनका सारा हिसाब दे दो
गुनाह ये सब छुपाने हैं अब, मुझे भी कोई हिजाब दे दो

हमें न दरिया का सच दिखाओ, हमें तुम्हारा सराब दे दो
हमारे जीवन से जो हो बेहतर हसीन सा बस वो ख़्वाब दे दो

कि सदियों से ये पड़े हुए हैं, चमक भी इनकी गुमी हुई है
चमक जो माँगें ये चाँद-तारे तो मेरे चेहरे का आब दे दो

मुझे अब उम्मीद कुछ नहीं है, बस इक तमन्ना दबी है दिल में
जो तुमको भेजे थे ख़ाली काग़ज़, अब उन ख़तों का जवाब दे दो

बस और कुछ भी नहीं है ख़्वाहिश, यही है पहली यही है आख़िर
जो ख़त में भेजा था तुमको मैंने मुझे सूखा गुलाब दे दो

कि हम भी जलवे बिखेर देंगे जो ग़ाज़ा हमने लगा लिया तो
हाँ फ़ाक़ाकश हैं तो क्या हुआ है हमें भी हुस्नो-शबाब दे दो

मैं ख़ुश हूँ मुझको न चाह आबे-हयात की है, यही बहुत है
है ज़िन्दगानी का जाम उसका, मुझे फ़ना का अज़ाब दे दो

ये प्रेम वो है कि जिसमें आधा अधूरा कुछ भी नहीं है 'शाहिद'
अढ़ाई आखर जो पढ़ना चाहे तुम उसको पूरी किताब दे दो

*सवाब-पुन्य, आब-चमक, हिजाब-पर्दा, तर्क ताल्लुक़-सम्बन्ध तोड़ना, सोराब--धोखा ,*

*अज़ाब--श्राप, इज्तिराब-- बेचैनी, पेचोताब-सामर्थ्य*

❃

बस एक सदा देता है और चला जाता है
जीने की दुआ देता है, और चला जाता है

कमरे में मेरे आकर, वो एक हवा का झोंका
ख़ुश्बू को बढ़ा देता है और चला जाता है

जब नींद में होती हूँ तो आकर इक हमसाया
बस हाथ दबा देता है, और चला जाता है

रोज़ सवेरे आकर इक परछाईं की सूरज
दीवार उठा देता है और चला जाता है

औराक़ उठा लेता है, इक दीपक सरे-शाम आकर,
क़िन्दील बना देता है और चला जाता है

बोसीदा डायरी से पानी गीले मौसम का
कुछ रोज़ मिटा देता है और चला जाता है

ये सिन्दूरी सूरज हर रोज़ नदी में आकर
इक राज़ बता देता है और चला जाता है

ये तेरा खिलौना मुझको बचपन मेरा 'शाहिद'
बस याद दिला देता है और चला जाता है

✻

दुनिया-ए-फ़ानी में इक दिन कुछ भी नहीं रह जाएगा
तुम भी फ़ना हो जाओगे और हम भी फ़ना हो जाएँगे

इन झगड़ों से राम मिलेंगे और ना ही अल्लाह मियाँ
तुम भी फ़ना हो जाओगे और हम भी फ़ना हो जाएँगे

रिश्तों की इस धूप छाँव को दूर से देखते रहना है
कभी शहर तो कभी गाँव में आते जाते रहना है

हम जब तक ज़िन्दा हैं तब तक, सब सहना है और इक दिन
तुम भी फ़ना हो जाओगे और हम भी फ़ना हो जाएँगे

कोई वादा करता है तो तोड़ भी देता है कोई
करता है इक़रार कोई तो कर देता है कोई इनकार

दो दिन के इस जीवन में तुम प्यार करो जी भर के, कल
तुम भी फ़ना हो जाओगे और हम भी फ़ना हो जाएँगे

रास्ते सबके अलग-अलग हैं पर मंज़िल तो एक ही है
कोई साधु बनकर पाए तो कोई शैतान बने

अंत में सबको भवसागर में जाना होगा 'शाहिद' जी
तुम भी फ़ना हो जाओगे, हम भी फ़ना हो जाएगे

✽

इन चाहतों का आपने ऐसा सिला दिया
दिल से हमारा नाम ही अपने मिटा दिया

तख़्ती लगा रखी थी मैंने मेरे नाम की जो
क्यों दर से उसको आपने ऐसे हटा दिया

जिस पर मोहब्बतों के लगाये थे संगे-मील
रस्ता बदल के आपने नफ़रत बना दिया

गुस्सा न पूछ तू मेरे महबूब का सखी
मेरा लहू से लिक्खा हुआ ख़त जला दिया

वो सिलसिला-ए-याद वो बीते दिनों का चैन
तुमने तो धीरे-धीरे सभी कुछ भुला दिया

हमने तुम्हें सिखाया था कि चलते कैसे हैं
तुमने हमीं को इश्क़ में रास्ता दिखा दिया

*

कल मेरे वास्ते जो हवा का पयाम था
उसका हमारे घर की तरफ़ ही क़याम था

ख़त के लिफ़ाफ़े पर तो हमारा ही नाम था
कोई न ख़ैरियत थी कोई सलाम था

महफ़िल में कल मिले थे तो बातों में आपकी
बदला था लफ़्ज़ -लफ़्ज़ में और इंतक़ाम था

जो दिल में मेरे और कोई पा नहीं सका
तेरा हमारी ज़िंदगी में वो मक़ाम था

मुझको तो तेरी टीम से ही खेलना था यार
देखा तो तेरा नाम ही मेरे बनाम था

कोई गवाह था न अदालत ही कोई थी
इल्ज़ाम इश्क़ का ही तेरे-मेरे नाम था

*

ज़ख़्मे-दिल हमसे दिखाया न गया
हमसे तुमको भी बुलाया न गया

पड़ गये आबले चलते-चलते
हमसे हाल अपना दिखाया न गया

इसमें कुछ ख़ास तो होगा ही ज़रूर
राज़ जो होठों पे लाया न गया

बस मदद करना ही आदत है मेरी
मुझसे एहसान जताया न गया

हम भले मारे गये जंग में पर
हमसे मैदां छोड़ के जाया न गया

हम निभाते रहे 'शाहिद' तन्हा
वादा तुमसे तो निभाया न गया

✻

सुनसान रास्तों को यूँ रौशन बना दिया
दीपक ये किसने राह में आकर जला दिया

रिश्ते में हमने रक्खी थी अपनी वफ़ा की नींव
तुमने तो प्यार का वही रिश्ता भुला दिया

दरिया के पार हमको लगानी थी कश्तियाँ
ये क्या किया कि बीच में हमको डुबा दिया

आँसू जो टपके आँख से दामन हुआ है तर
तुमने हमारे प्यार का ये क्या सिला दिया

उम्मीद का परिन्दा था उड़ने को बेक़रार
लेकिन शिकारियों ने परों को कटा दिया

घायल पड़े थे लेके दिले-ज़ख़्मी हम सभी
उस पर ये किसने जान के नश्तर लगा दिया

मिस्मार जिस्म करके गुनाह कर दिया कोई
जो ख़ाक का था ख़ाक में उसको मिला दिया

✻

अश्क बहाने की वजहें कुछ और ही थी
पीकर आने की वजहें कुछ और ही थी

तुम समझे थे मुझे इश्क़ था तुमसे, पर
नज़रें चुराने की वजहें कुछ और ही थी

रोज़ टहलने छत पे तुम भी आते थे, पर
मेरे आने की वजहें कुछ और ही थी

अकसर मुस्काते देखा है, तुमको, पर
यूँ मुस्काने की वजहें कुछ और ही थी

वैसे तो बताकर जाना था मुझको लेकिन
ऐसे जाने की वजहें कुछ और ही थी

✽

उसे मुझसे थोड़ा भी गर प्यार होता
कभी तो मोहब्बत का इज़हार होता

वो मिलते किसी दिन जो हमसे कहीं तो
कोई दिन हमारा भी गुलज़ार होता

अगर लब न देते गवाही हमारी
तो आँखों से जानाँ की इक़रार होता

लबों से न कह पाये हम कुछ भी लेकिन
ये ख़्वाहिश थी मन में कि दीदार होता

दुआएँ सुनी जाती दिल की जो अपनी
तो सपना हमारा भी साकार होता

हवाओं में नफ़रत न होती तो 'शाहिद'
निराला मोहब्बत का संसार होता

❁

एक मुसाफ़िर तन्हा मैं और है मंज़िल कितनी दूर
धूप बहुत है रस्ते में हो गया मैं तो थककर चूर

तारों ने कर ली कोशिश चाँद से मिलने की लेकिन
आज तलक हैं अम्बर में दोनों इक दूजे से दूर

ये तो प्यार है जानेमन कुछ भी हो सकता है यहाँ
यारों इश्क़, मोहब्बत के लाखों क़िस्से हैं मशहूर

जीवन है संजीदा शय, इसको ध्यान में रखना है
इश्क़ मोहब्बत कुछ भी नहीं ये तो बस है ज़ेहनी फ़ितूर

नाम तेरा जो भी लेगा, वो गूँगा हो जाएगा
जानाँ तेरी महफ़िल का, बोल ये कैसा है दस्तूर

वक़्त से पहले पहुँचे अगर, तू अपनी मंज़िल पर
शुक्र ख़ुदा का करता रह, मत हो जाना तू मग़रूर

यारब अर्ज़ हमारी भी पहुँचे तेरे दरबार इक दिन
सज्दे में गर दम निकले 'शाहिद' हो जाए मशकूर

✻

कमी कोई न की ज़ुल्म उसने मुझपे ढाने में
वो अव्वलीं ही रहा मुझको आज़माने में

कि रात होती है क्या और दिन कहेंगे किसे
समय गुज़र गया काफ़ी उसे बताने में

अभी तो आयेगी पतझड़ की रुत, मेरे साक़ी
अभी तो वक़्त लगेगा बहार आने में

चमन में इश्क़ करें खुल के भौरों से कलियाँ
हमें तो कुछ नहीं मिलना उन्हें डराने में

तुम एक पल में किसी और के हुए होगे
हमें तो उम्र लगी दाग़े-दिल मिटाने में

वो मेरे दिल में मोहब्बत दबाये बैठी थी
मैं फिर रहा था उसे ढूँढ़ता ज़माने में

❁

रोते-रोते आ गयी हैं सिसकियाँ
अब भला कैसे दबाएँ हिचकियाँ

कमरे में आती थी जिनसे रौशनी
बन्द कर दीं हमने वो सब खिड़कियाँ

खो गये जाने कहाँ बचपन के दिन
हम किया करते थे जो अठखेलियाँ

ख़ुद-ब-ख़ुद बादल भी छा जायेंगे तब
अर्श पर चमकेगी जब भी बिजलियाँ

देर तक बैठे रहो कुहनी टिका
दिख गयीं हैं गाँव की कुछ लड़कियाँ

बाग़ में चारों तरफ़ हैं गुल ही गुल
दौड़कर पकड़ूँगी मैं अब तितलियाँ

और अब चारों तरफ़ हैं ग़म ही ग़म
आ गया कोई ख़ुशी के दरमियाँ

ज़िन्दगी में आया वो तूफ़ान सा
और दे दी आंधियाँ ही आंधियाँ

ज़िन्दगी की क़ैद से 'शाहिद' निकल
जी में आया तोड़ दूँ ये बेड़ियाँ

✻

देखा था तेरा ख़्वाब तो ये दिल मचल गया
गुलशन की हर कली पे मेरा दिल फिसल गया

है लाख-लाख शुक्र तुम्हारी निगाहों का
तुमसे मिली निगह तो मेरा दिल संभल गया

ऐसी सियाह रात का अँधेरा देखकर
बेचारे जुगनुओं का तो दिल ही दहल गया

झरने का पानी और रवानी-ए-मौजे-जू
मौसम सुहाना देख के दिल फिर मचल गया

पनघट पे भरती पानी वो गाँव की गोरियाँ
पायल की रुनझुनों से मेरा दिल बहल गया

बेताब दिल को कैसे भला मैं दिलासा दूँ
इस दिल्लगी से दिल मेरा कुछ और मचल गया

✻

क्यूँ ख़्वाब कोई अपना मुकम्मल नहीं होता
जो आज तो आता है मगर कल नहीं होता

खायी थीं कभी हमने भी जाँ देने की क़स्में
हर शख़्स के सीने में मगर बल नहीं होता

उकता गया हूँ तेरे सवालों से ऐ दुनिया
सब देख लिया इनका मगर हल नहीं होता

अब वक़्त के दरिया में उतर कर कभी देखो
साहिल पे कोई ख़्वाब मुकम्मल नहीं होता

दो गज़ ही कफ़न मिलता है दुनिया में सभी को
बढ़ता चला जाये ये वो मलमल नहीं होता

✽

तुम मेरे दिल में हर सुब्हो हर शाम रहते हो
पर हवाओं की तरह गले से क्यूँ लिपटते हो

सभी बेगाने से हैं अपना नहीं दिखता कोई
फिर भी तुम मुझे अपने से क्यूँ लगते हो

दिल से निकालने की बेइन्तेहा कोशिश की
तुम लहु बन के धमनी मे दौड़ते क्यूँ रहते हो

चिड़ियों की चहक में, फूलों की महक में हो
गंगो जमन की लहरों में हरदम क्यूँ दिखते हो

जिस मय खाने में सभी धर्मो के लोग आते हैं
उनके प्याले में अमृत बनकर क्यूँ घुलते हो

गुलों की ख़ुश्बू, हवा के संग, उड़ती रहती है
भौंरों सा फूलों पर, यूँ मंडराते, क्यूँ फिरते हो

सूखे मुरझाए फूलों सा चुपचाप बैठे रहते हो
देख कर मेरी एक झलक,खिल क्यूँ उठते हो

✲

आँखों में अश्क अब तो गवारा नहीं मुझे
तूने मोहब्बतों से पुकारा नहीं मुझे

तू एक ही तो इश्क़ है जो सच्चा है मेरा
सौदाई होना तेरा गवारा नहीं मुझे

मुझको ख़ुदा के वास्ते भेजो न उस तरफ़
दरिया का अब ज़रा भी भरोसा नहीं मुझे

इक बार जा चुका हूँ वहाँ सिर्फ़ ख़ार हैं
जाना उसी डगर पे दुबारा नहीं मुझे

क्या जाने क्या था मन में तेरे, मेरे वास्ते
मंज़िल पे आके तूने पुकारा नहीं मुझे

❊

इस ज़िन्दगी की भीड़ में इन्सान खो गया
दाना तो ठीक-ठाक हैं नादान खो गया

उसकी ख़राब शख्सियत ऐसी थी क्या कहें
वो पास से गुज़र गया ईमान खो गया

मछुआरे, जाल, कश्तियाँ सब उड़ गये कहीं
सागर की लहरें ऐसी थी तूफ़ान खो गया

दरवाज़े, खिड़कियाँ उसे करते हैं याद अब
सूने पड़े मकान का दरबान खो गया

दरिया ने अपनी जान दी सहरा में डूबकर
इन्साफ़ जिससे होना था मीज़ान खो गया

सुनता नहीं पुकार कोई अब किसी की भी
लगता है दो जहान का भगवान खो गया

✻

बेबात तुमने रूठ के अच्छा नहीं किया
मुँह मोड़कर चले गये रुसवा नहीं किया

हर वक़्त खेलते रहे जज़बात से मेरे
तुमने खिलौने तोड़ के अच्छा नहीं किया

वादा किया था साथ निभाने का उम्र भर
मझधार में यूँ छोड़ के अच्छा नहीं किया

तन्हाइयों की हमने तो आदत ही डाल ली
तक़दीर से कभी कोई शिकवा नहीं किया

बदले में ऐतबार के धोखा मिला फ़क़त
होठों को सी लिया कोई दावा नहीं किया

उम्मीद थी कभी तो मिलेंगे हम आपसे
मिलने का आपने कभी वादा नहीं किया

*

सबसे छिपकर, चुपके-चुपके, अश्क बहाना, अच्छा लगता है
कोई ना जाने, दिल का रोना, बातें बनाना, अच्छा लगता है

चलते-चलते, पीछे मुड़कर देखा तो हम दूर निकल आए
शाम ढले घर पर आ जाना शम'अ जलाना, अच्छा लगता है

इश्क़ की वादी, हुस्न के जलवे, शर्मा जाना वाजिब ही तो है
ऐसे अचानक पैरों में ठोकर का लग जाना, अच्छा लगता है

मुँह में निवाला हाथ में रोटी जिसको मयस्सर ही ना हो
कोई भूखा दर पर आये उसको खिलाना, अच्छा लगता है

सुबह सवेरे मैंने देखा काली बदली घर आंगन में आई थी
शाम तलक पर सोने जैसा धूप का आना, अच्छा लगता है

✻

पाते रहे हर एक को खोया नहीं गया
नफ़रत का बीज हमसे तो बोया नहीं गया

इक रात तेरे ख़्वाब ने हमको जगा दिया
और उसके बाद उम्र को सोया नहीं गया

इक बार तेरे आँसुओं में रो लिये थे हम
और उसके बाद उम्र को रोया नहीं गया

मरने का ढोंग करते रहे मेरे सब अज़ीज़
कोई भी मेरे पास से गोया नहीं गया

दावा लिये जहान को चलने का साथ में
ख़ुद अपना बोझ भी यहाँ ढोया नहीं गया

✻

इतनी तो कट गयी है शबे-इंतज़ार में
हर शम'अ जानती है हमें कू-ए-यार में

खिलता हुआ गुलाब है दिलकश बहार में
कोई कमी नहीं है ज़रा मेरे यार में

मिलती नहीं है हमको जगह रोज़गार में
कुछ तो ग़लत हुआ है ख़ुदाया शुमार में

क्यूँ शाम काटते हो मिरे इंतज़ार में
मुझ से हज़ार होंगे तुम्हारे दयार में

दिन-रात फिर रही हैं शहर में उदासियाँ
हम ख़त्म हो रहे हैं ग़ज़ल में ग़ुबार में

❁

महलों में था न आस्मान में था
शख़्स वो बस हमारे ध्यान में था

उसको धरती पे ला दिया हमने
इक परिन्दा बहुत गुमान में था

इसलिए मैंने रख दिया था गुलेल
मसअला ये था वो उड़ान में था

मैंने बतला दिया है मेहमाँ को
नुक़्स जो इक मेरे मकान में था

ज़िंदगी आपकी बचानी थी
झूठ ही बस मेरे बयान में था

तुमने महसूस ये कभी न किया ?
मैं तो सदियों से इम्तहान में था

*

इक नज़र इनपे डालकर देखो
दीन-दुखियों को पालकर देखो

गुल जो मुरझा गये हैं खिल उठेंगे
तुम ज़रा पानी डालकर देखो

शोले कैसे भड़क उठेंगे फिर
आग में घी तो डालकर देखो

ज़िन्दगी बन पड़ेगी कितनी हसीन
प्यार का रंग डालकर देखो

कौन जीता है कौन हारा है
एक सिक्का उछालकर देखो

✻

रस्मे-दुनिया निभाये जाते हैं
रिश्ते यूँ ही बनाये जाते हैं

ग़म ज़माने के हमको घेरे हैं
फिर भी हम मुस्कुराये जाते हैं

वो ही तो राज़दार हैं अपने
राज़ जिनसे छिपाये जाते हैं

हाल अच्छे हैं हाल का क्या है
यही सबको बताये जाते हैं

जिसमें सब सब्ज़ दिखता है 'शाहिद'
ऐसे मौसम दिखाए जाते हैं

✻

जो मंज़िल की जानिब चले जा रहे हैं
उसूलों पे झूठे जिये जा रहे हैं

मिलेगा हमें अपने कर्मो का फल
गरल ज़िन्दगी का पिये जा रहे हैं

कठिन रास्तों की जो दुश्वारियाँ थीं
वो हमवार हम सब किये जा रहे हैं

ये दीवानगी अब नहीं है तो क्या है
जो हम ज़ख़्म अपने सिये जा रहे हैं

मुलाक़ात तुमसे अगर अब न होगी
तो बेकार साँसें लिये जा रहे हैं

अगर ज़िन्दगी को समझते हैं हम लोग
तो हम खुद को धोखा दिये जा रहे हैं

*

न रिश्तों में वैसी रवानी रही
न शामों में वैसी जवानी रही

न देखी, न भाली, न जानी, न बूझी
मोहब्बत तो बस इक कहानी रही

वो हमने किसी को दिखायी नहीं
मोहब्बत की जो भी निशानी रही

अमल तू किसी पर न कर पाया यार
सभी बातें तेरी ज़ुबानी रही

मैं ख़ुद से परेशान होता रहा
अकेली मेरी ज़िन्दगानी रही

गुज़ारी थी 'शाहिद' के पहलू में जो
वो रातें बड़ी ही सुहानी रही

✻

ज़ख़्म अपनी हँसी में दबाये हुए
मुद्दत हो गयीं मुस्कुराये हुए

हर क़दम साथ थे कल तलक जो मेरे
आज मुँह फेरकर वो पराये हुए

चल रहा है वही खेल शह मात का
हम भी बैठे हैं चौसर बिछाये हुए

बीज बोया था जो बरसों पहले कभी
आस फल की सभी हैं लगाये हुए

उनके आने की उम्मीद जाने लगी
दर पे बैठे हैं दीपक बुझाये हुए

वक़्त गुज़रा हुआ था सुनहरा बहुत
याद आते हैं वो पल बिताये हुए

✻

दोस्तों से रिश्ता निभाने दो
दुश्मनों को भी गले लगाने दो

अब मुझे तेरे साथ चलना नहीं
हाथ से हाथ को छुड़ाने दो

मुझे जन्नत मिले या फिर दोज़ख़
अपने कर्मों को साथ जाने दो

दाँव खेले हैं ज़िंदगी में बहुत
पेच वो सारे अब भुलाने दो

कुछ न काम आएगा यहाँ का वहाँ
सारा सामान छोड़ जाने दो

रोकने से नहीं है कुछ हासिल
जिसको जाना है उसको जाने दो

ऐसे जीने से अच्छा है 'शाहिद'
हमको तुम आज ही मर जाने दो

✲

तुमसे तो हमने अपने सभी ग़म छिपा लिए
पूछा जो कुछ भी तुमने तो हम मुस्कुरा दिए

दामन बचा के अपना कहीं तुम निकल गये,
रस्ते के सारे छींटे मुझी पर लगा दिए

हमको बहुत गुमान था तेरी वफ़ाओं पर
तूने वफ़ा के दाग़ हमीं पर लगा दिए

बच्चों को हमने पाल लिया था किसी तरह
तुमने तो अपने सारे ही चेहरे घुमा लिए

मौला हमें मुआफ़ करो, तुम करीम हो
एक उम्र हो चुकी हमें ग़लती किये हुए

❁

दर्द मिल जाएगा हमदर्द नहीं मिलता है
जो बने अपनी दवा दर्द नहीं मिलता है

ढूँढ़ते-ढूँढ़ते इक उम्र मुझे हो गयी है
अपने लहजे का वो शागिर्द नहीं मिलता है

बेवफ़ाई का चलन बढ़ गया रफ़्ता-रफ़्ता
जो वफ़ा कर सके वो मर्द नहीं मिलता है

मिट गया दुनिया से सच झूठ का फ़र्क़
जो कहे सच मुझे वो फ़र्द नहीं मिलता है

ऐसा पतझड़ है कि सूनी हुई डाली-डाली
फूल पेड़ों पर अब ज़र्द नहीं मिलता है

ज़ख़्म पर ज़ख़्म दिए जाए जो 'शाहिद' हमको
तेरे जैसा भी तो बेदर्द नहीं मिलता है

✽

ग़ैर से इश्क़ तो फिर हमसे अदावत क्यों है
हम हैं अच्छे तो फिर हमसे शिकायत क्यों है

अर्श पर मैंने बिठाया तुझे मिटटी से उठा
फिर भी नज़रों में तेरी मुझसे हिकारत क्यों है

राह में सिक्के उछलते हैं हमारी जानिब
ये ख़ुदा जाने कि आँखों में हिमायत क्यों है

कौन कैसा है ये हम कैसे करेंगे विश्वास
सबके चेहरे हैं ढके ऐसी सियासत क्यों है

तुमने मायूस किया है हमें अक्सर 'शाहिद'
दिल में औरों के लिये इतनी सखावत क्यों है

# गीत

*

सजदा हर इक जगह किया तेरी तलाश में
दुनिया की ख़ाक छान ली तेरी तलाश में

गिन-गिन के तारे रात बितायी है उम्र-भर
तपता रहा हूँ धूप में तेरी तलाश में

नदियों की मौजों और कभी सागर की लहरों में
बेताब तैरता रहा तेरी तलाश में

रच बस गयी महक तेरे सहरा-ओ-बाग़ की
हम तेरे गाँव आये थे तेरी तलाश में

तूफ़ान बनके निकले थे वैसे तो हम सभी
टकरा गये पहाड़ से तेरी तलाश में

तपती हुई सड़क के सिवा कुछ नहीं दिखा
नज़रें थकी-थकी सी हैं तेरी तलाश में

✻

ये तो पंछियों की उड़ान है,
इसे लफ़्ज़ों में तू न क़ैद कर
ये तो प्यार की ही ज़ुबान है,
इसे लफ़्ज़ों में तू न क़ैद कर

ये तो सोच है, ये उड़ान है,
नहीं इख़्तियार है इस पे कुछ
ये बहुत अलग सा ख़याल है,
इसे लफ़्ज़ों में तू न क़ैद कर

मुझे ख़ुश्बुओं से भी इश्क़ है,
मुझे आशिक़ी भी है भौरों से
ये खुली हवा की है आरज़ू
इसे लफ़्ज़ों में तू न क़ैद कर

कभी रेत पर मैं लिखी गयी
कभी ख़ाक में हूँ मैं जा मिली
ये बड़ी अलग सी है कैफ़ियत
इसे लफ़्ज़ों में तू न क़ैद कर

ये बता दे जहान को चीख़कर,
कि ख़ुदा की जो भी है असलियत
ये तो बात है बड़े राज़ की,
इसे लफ़्ज़ों में तू न क़ैद कर

✻

मुझसे मिलने आज आ जाते, कल-कल में क्या रक्खा है
आरज़ू आज ही पूरी होती, कल-कल में क्या रक्खा है

उस मुस्कान की राह देखते देखते मर ना जायें हम
आज जले उम्मीद की शम'अ, कल-कल में क्या रक्खा है

मुझसे मिलने आना है तो आज ही आजा मेरी जाँ
मेरे तबीब का ये कहना है, कल-कल में क्या रक्खा है

समझ न पाया अब तक मुझको, वक़्त बहुत बर्बाद किया
आज परख मेरे जज़बात, कल-कल में क्या रक्खा है

सारे क़िस्से बिखरे पड़े हैं, इतने लम्बे जीवन के
आओ समेटें आज ही सब कुछ, कल-कल में क्या रक्खा है

ये जो ज़ीस्त है, ये तो है बस आज का सौदा 'शाहिद' जी
फ़र्श से देखो अभी अर्श तक, कल-कल में क्या रक्खा है

❋

आबे-ज़मज़म हो या फिर बहती गंगा का पानी
और किसी नदिया का हो या फिर यमुना का पानी

बिन पानी के जीवन हम, कैसे जी पायेंगे भला
जीवन एक समंदर है और हम दरिया का पानी

जियें तो पानी, मरें तो पानी, लाये कहाँ से इतना पानी
धरती पर इक चौथाई थल और है तीन चौथाई पानी

नभ, जल, पावक, गगन, समीरा पंचतत्व हैं सारे
बाक़ी सब भी उतने ज़रूरी, जितना ज़रूरी है पानी

जन जन को जल संरक्षण करना बहुत ज़रूरी है जी अब
वरना बिन पानी के तो सब माँगेंगे बस पानी-पानी

जिसकी चमक तू देख रहा इतना ख़ुश होकर 'शाहिद'
कलकल करके बहता जाए ये तेरे जीवन का पानी

कोई अपना तलाश करता हूँ
मैं भी सपना तलाश करता हूँ

राहें काँटों से भर गयी हैं मेरी
कोई मंज़िल तलाश करता हूँ

शब के तारीक उजालों में अकसर
एक सूरज तलाश करता हूँ

पेट की भूख और तन के लिए
अब मैं रोज़ी तलाश करता हूँ

जिस पे मेरी सदाएँ कोई सुने
अब मैं वो दर तलाश करता हूँ

चैन की नींद आये जिस पे मुझे
मैं वो बिस्तर तलाश करता हूँ

✻

ज़माने में बहुत खुशियाँ हैं
मगर सबको नहीं मिलतीं
दरीचों में बहुत कलियाँ हैं
पर सब तो नहीं खिलतीं

हमारे दिल में अरमाँ हैं बहुत
तुम्हारा घर है बहुत ख़ाली
गुलिस्ताँ ये गुलों से भरा-पूरा
मगर बेनूर सा है बिना माली

अमल से ज़िंदगी हासिल तो है
बिना लफ़्ज़ों के सब बेमानी
अलग क़िस्सा यहाँ सबका है
देखो अलग सबकी है कहानी

कहाँ है कोई समझने वाला
यहाँ कोई नहीं है हम निवाला
अपनी ही उलझनों में हैं सब
मिलता नहीं कोई हमप्याला

तूफ़ाँ ग़म का अक्सर आता है
पर मुझे बेख़ौफ़ खड़ा पाता है
जब कोई दाँव नहीं चल पाता
वो थका-थका सा लौट जाता है

स्वार्थ से लबरेज़ हैं सभी आज
दिलों में प्यार अब बसता नहीं
सभी बचकर निकल जाते हैं यहाँ
कोई किसी लाचार को तकता नहीं

✻

ये प्यार की दौलत ही तो है सबसे बड़ी बात
बचपन से यही हमको सिखाया गया अब तक

वो कौन था जो इसमें समाये था अज़ल से
ख़ुश्बू दरो-दीवार से आती है जो अब तक

होनी है कोई बज़्म सितारों की सरे-अर्श
चाँद आज मेरे सहन में ठहरा है जो अब तक

सूरज है न चन्दा है न तारे हैं गगन में
और दिन के उजाले में भी अँधेरा है अब तक

क्या हमने ख़ता इश्क़ में 'शाहिद' कोई की थी
बेइंतेहा क्यों हमको रुलाया गया अब तक

✻

सावन की छटा छाई होती
घनघोर घटा लाई होती
बादल कारे बरसे होते
उम्मीद नज़र आई होती

कल चाँदनी छिटकाई होती
तो तारों की अगुवाई होती
यहाँ भी होता जश्न कोई
ये महफ़िल तो सजाई होती

एक ग़ज़ल तो सुनाई होती
कुछ धुन तो बजवाई होती
उस झुरमुट से आती सदा
गर छाँव में वो आई होती

हौले से शरमाई होती
मन ही मन मुस्काई होती
मैं नीरज जी का होता गीत
वो ख़य्याम की रुबाई होती

# मुतफ़र्रिक अशआर

✿

इनने ख़ुद ही तो डोरी तोड़ी थी
साँसें अब क्यों मेरी तलाश में हैं

✿

बात और कुछ नहीं है ज़रा वक़्त चाहिए
हर शै ग़ुलाम होती है इस वक़्त की मियाँ

✿

आएगा! इसका वक़्त आने दो
पहले से क्यों लगा रहे हो क़यास

✿

जिस्म सड़ने की आ रही है बू
बाक़ी अब तक मेरे हवास हैं क्यों?

✿

जिस्म से रूह का है वो रिश्ता
जैसे बाती हो तेल में कोई

✿

✻

शायद तुझको ख़बर नहीं है, तेरे मेरे रिश्ते की
मेरे इकतारा में बसी हैं तेरी ही साँसें 'शाहिद'

✻

तूने ज्यों ही मुझे कहा अपना
रौशनी मेरी कायनात हुई

✻

आंधियाँ नफ़रतों की चल रही हैं
तुम मोहब्बत का इक चिराग़ जलाओ

✻

दोस्तों में मन मुटाव होता है
फ़ासले सब मिटा दे अहम न रख

जो भी है सब यहीं तो छोड़ना है
यूँ ही जाना है कोई वहम न रख

✻

✽

बोलना है अगर तो मीठा बोल
कड़वी बातों से कुछ नहीं होगा

✽

तेरी बातें अतिश्योक्ति हैं
लब से ज़्यादा तो आँखें बोलती हैं

✽

ऐतबार उस हसीन का मैं करूँ
कोई मजबूरी थोड़ी है मेरी

✽

फोन पर बात सुबह शाम करें
प्यार में ये सभी ज़रूरी है ?

✽

हो भी सकता है मुस्कुरायें हम
ग़म में चिल्लायें क्या ज़रूरी है

या तो सुख ही मिले या दुख ही सही
दोनों मिल जायें क्या ज़रूरी है

✽

ये बोलने का वक़्त नहीं देखते रहो
मुँह में ज़ुबान तो है मगर कुछ नहीं कहो

✽

भूल जाओगे ये रुत पतझड़ की थोड़े वक़्त में
आयेगा सावन सुहाना देखते रह जाओगे

✽

जिस ज़ुल्म का शिकार हुई मेरी बेटियाँ
अल्लाह वो दुश्मनों को भी दिखलाए ना कभी

✽

कितने ग़रीब मारे गये आज भूख से
हाकिम से पूछा जाएगा तू देखना अभी

✽

कुछ वक़्त की ही बात है मायूस तू न हो
पांसा पलटने वाला है कुछ देर में ही अब

❁

हाँ उसके घर में देर है अंधेर पर नहीं
नेकी का कुछ सिला तो मिला देर से ही ठीक

❁

उसकी कोई खबर नहीं आई
वो कहीं भी नज़र नहीं आई

❁

ख़ुद को यूँ बेक़रार करता हूँ
शाम का इन्तज़ार करता हूँ

❁

हर ख़ुशी की कहानी उसकी है
ये तो बस मेहरबानी उसकी है

❁

ये है तमन्ना, यार का दीदार हो नसीब
चाहे वो मुझसे दूर हो चाहे रहे क़रीब

❊

लगकर गले मैं तेरे शिकायत ही कर सकूँ
पूरी मैं अपने दिल की हिकायत कर सकूँ

❊

फ़ानी बदन से रूह जो परवाज़ कर सके
हम ज़िंदगी का फिर नया आग़ाज़ कर सके

❊

अपने हालात से भी परेशान था
सर झुकाये हुए वो पशेमान था

❊

अश्क ढूँढ़े हमने 'शाहिद' बेवजह
उसकी आँखों में लहू आया नज़र

❊

दर्द की इन्तेहा न पूछो तुम
हो सके तो दवाएँ ढूँढ़ो तुम

✻

एक अफ़साना रोज़ बयाँ करते रहना
नया बहाना रोज़ बयाँ करते रहना

✻

ज़िन्दगी में इस तरह उलझे रहे
आना-जाना हो न पाया फिर कहीं

✻

ये सफ़र मुस्तक़िल ही तो होगा
ज़िन्दगी कब क़याम करती हैं

✻

हर ज़र्रा कायनात का अनमोल रत्न है
चाहे वो मिटटी हो कि हो हीरे जवाहरात

✻

उसका एहसास जहाँ होता है
ज़र्रे सजदे में झुके रहते हैं

✻

उससे सब कुछ तू निहाँ रख लेकिन
उससे हर राज़ अयाँ होता है

✻

इस जवानी की नदी में 'शाहिद'
दिल की कश्ती को रवाँ होने दो

✻

उससे कभी कभी तो मुझे ख़ौफ़ आता है
तेरा हमारी बातों पे जो ऐतबार है

✻

प्यार मुझको न मिले तो न मिले पर 'शाहिद'
अब किसी शख़्स से तकरार नहीं चाहती हूँ

✻

ये मंद-मंद बहती हवा से न होगा कुछ
जाना अनंत में है मुझे आँधियाँ ही दो

✽

जीवन का मज़ा तो तब ही है, जब लम्बे लम्बे सफ़रों में
जीने के लिये कुछ दर्द भी हो राह की हों दुश्वारियाँ भी

✽

अपने हिस्से की परेशानियाँ सह लेंगे मगर
इक ज़मीं पैरों तले चाहिए और आसमाँ भी

✽

भाग रहा था जिसके पीछे, कड़ी धूप में पागल सा
उसको ये मालूम नहीं था उसकी ही परछाईं थी वो

✽

मैं यूँ भी दिल के कोने में चुपचाप ही बैठा रहता हूँ
बस इतना समझ लेना जानाँ दिल तुमसे ही बेज़ार नहीं

✽

आकर देख मेरी दुनिया में कितने लोग यहाँ हैं 'शाहिद'
ये कौन कह रहा है दुनिया में कोई भी दिलदार नहीं

❁

खिलेंगे ज्यूँ ही इन्हें तोड़ लेगा बन माली
गुलों से इनका कोई रिश्ता ही नहीं 'शाहिद'

❁

जहाँ जो चाहोगे लिख दोगे अपने हाथों से
ये मेरा दिल है कोई इश्तेहार थोड़ी है

❁

एक अजब रात हमने देखी यहाँ
ख़ूँ की बरसात हमने देखी यहाँ

❁

कैसे करते भला हम चाँद का दीदार बता
ज़ुल्फ़ काँधे पे तेरे हमने परेशाँ देखी

❁

भटक न जाए कहीं रहगुज़र अँधेरे में
कि हमको करना है पूरा सफ़र अँधेरे में

❋

बस हमने वहाँ अपनी भी इक खोल ली खिड़की
सूरज को उजाला जहाँ करते हुए देखा

❋

तीरगी उसका मुक़द्दर नहीं बन सकती कभी
चाँद तारों की इबादत जो करेगा दिन-रात

❋

तेरी निगाहे नाज़ से मंज़िल मिली हमें
'शाहिद' तुम्हारा रहमो-करम हमपे यूँ रहा

❋

ये आसमान जिनपे बहुत नाज़ करते हैं
वो सब परिन्दे पानी में परवाज़ करते हैं

❋

उड़ते हैं किसकी आरज़ू में मुस्तक़िल परिंदे
ये राज़ आसमाँ को भी शायद पता नहीं

❋

किसका ख़याल अब भी निहाँ उनके दिल में है
कुछ बातें मेरी और बयाँ उनके दिल में है

❋

अरमान दिल में अब भी संजोये हुए तो हैं
तुमसे मिलने के बीज भी बोये हुए तो हैं

❋

शाम का सूरज ढलते ही जो थककर आ जाते हैं
रोज़ सवेरे घर वो मेरे मंज़र आ जाते हैं

❋

उनकी दुनिया उसूल उनका है
जाने क्या करने का इरादा है

❋

माना कमज़ोर हो गये हैं मगर
हौसलों से ही हमको उड़ना है

✻

धरम के नाम पर क्यों बाँटते हो फिर इसे तुम लोग
ये नफ़रत अब किसी का भी तो सरमाया नहीं होता

✻

जिनको इक दूजे की शक्ल भी भाती नहीं
साथ में जीने मरने की क़समें खाते हैं वो

✻

रात भर अठखेलियाँ करते रहे ज़ुल्फ़ों से हम
और सहर होते ही पत्थर बन गये दीवार का

✻

वो चाहे तख़्तो-ताज दे या फिर फ़क़ीरी दे
सब हाथ में है वक़्त के, हम लोग कुछ नहीं

✻

ये ज़माना अज़ल से यूँ ही है
अपनी फ़ितरत से बाज़ कब आया

❃

आप वादे तो किया ही न करें
आप वादों से मुकर जाते हैं

कारवाँ, रास्ते, मंज़िल, राही
ये तो सब यूँ ही गुज़र जाते हैं

❃

वक़्त की रेत में अक्सर मुझको
पांव धंसते ही नज़र आते हैं

❃

बिस्तर की सिलवटों ने उलट डाले सारे राज़
बेचैन करवटों का हिसाब और क्या करें

❃

नाकाम हसरतों के सिवा और कुछ नहीं
मेरे अधूरे ख़्वाब बता और क्या करें

❋

क्या हमारा ये ख़ून पानी है
हममें भी तो वही जवानी है

❋

दिल में बस एक ही तमन्ना है
मेरी कुटिया में हो क़याम तेरा

❋

# एक मतला एक शेर

❁

ख़मोशी नईं है मेरे लिए तेरा प्यार है ये
छुपा है नज़रों में थोड़ा सा जो क़रार है ये

यही तो हिम्मत बढ़ा रहा है हमारी 'शाहिद'
ज़ुबाँ में थोड़ा सा आपकी जो क़रार है ये

❁

तन्हा गुज़रती ही नहीं ये रात क्या करें
आँखों से हो रही ये बरसात क्या करें

दिल मेरा तोड़ डाला शब-ए-वस्ल आपने
आँसू का आपके मेरे जज़्बात क्या करें

❁

उसका पैग़ाम है सर आँखों पर
प्यार का जाम है सर आँखों पर

कहीं गुलशन कहीं सहरा तेरा
सुरमई शाम है सर आँखों पर

❁

कोई भी गर पराया सा नज़र आया
तो मुझ पर एक साया सा नज़र आया

फटा कुर्ता, वो उजड़ी माँग, बिखरे बाल
वो मुझको कसमसाया सा नज़र आया

❋

जब ख़ुद ही नहीं हो पाए आप आपके जितने अच्छे
फिर आपको सबसे जानाँ उम्मीदे-ज़माना क्यूँ है

जो चलता चला जाता है इक भीड़ की जानिब यूँही
वो बीच में आकर 'शाहिद' अब इतना अकेला क्यूँ है

❋

दुनिया की भीड़ में खोया कोई, कोई तन्हाई में खोया है
कोई शोहरत पाकर पागल है, कोई रूस्वाई में खोया है

इस दुनिया में लोग मिलेंगे हजारों रंगों वाले 'शाहिद'
कोई माँ के दुःख से परेशाँ है, कोई पीर पराई में खोया है

# एक मतला दो शेर

✻

महफ़िल में रात भर से पिघलती रही है शम'अ
बाती के संग मोम से लिपटी रही है शम'अ

तो क्या हुआ जो एक पहर और जल गयी
आख़िर को रात भर भी तो जलती रही है शम'अ

रो-रोके उसने हाल बुरा कर रखा है यार
छुपके से आलिये में सुलगती रही है शम'अ

✻

क्या तुमको याद है कुछ तब रात हो रही थी ?
जिस रोज़ बेतहाशा बरसात हो रही थी

मैं जानती हूँ तुमको, अब याद आ रहा है
तब याद कुछ न आया जब बात हो रही थी

फ़रियाद का हमारी बस ये सिला मिला है
'शाहिद' की ज़िन्दगानी बारात हो रही थी

✻

आइने के वो रूबरू आई
देखकर ख़ुद को ख़ूब मुस्काई

पहले ख़ुद को निहारती ही रही
फिर हवाओं में ज़ुल्फ़ लहराई

तेग़ सी आँखें और तनी भौंहें
हुस्न ऐसा कि जाँ पे बन आई

✻

तेरे वादे पे ऐतबार किया
और हमने ये बार-बार किया

और तूने भरोसा तोड़ा मेरा
अपना दिल तुझ पे जाँ निसार किया

तेरी आँखों में देखकर मेरे अश्क
मैंने ख़ुद को ही शर्मसार किया

✽

दिल के एहसास को लफ़्ज़ों की ज़ुबाँ दे देना
डूबना जिनके ख़यालों में जहाँ दे देना

और दरकार मसाफ़त में मुझे कुछ भी नहीं
एक कश्ती मेरे दरिया को रवाँ दे देना

राग-द्वेष, इर्ष्या है गर स्वर्ग में तो तू ही रख
प्रेम, सौहार्द का जीवन तू यहाँ दे देना

✽

मेरी चाहत को नया नाम दिया जाना है
अपने हाथों से बस इक जाम दिया जाना है

जानता हूँ कि मुझे प्यार के बदले में मेरे
यही वापस दिले-नाकाम दिया जाना है

अपने दामन को मोहब्बत से बचा लो 'शाहिद'
उम्र भर एक ही इल्ज़ाम दिया जाना है

*

उसने चाहा था तो आये वो कहेगा तो चले
किसकी मर्ज़ी से मिला है आना-जाना

वो ख़फ़ा है तो उदासी है ज़माने भर में
सख़्त लाज़िम हुआ मालिक को मानाने जाना

नफ़रतें छोड़ के सर अपना झुका दो 'शाहिद'
लो ख़ुशी आती है दामन को ज़रा फैलाना

www.ingramcontent.com/pod-product-compliance
Lightning Source LLC
LaVergne TN
LVHW100303051026
849517LV00006B/2178
* 9 7 8 9 3 9 1 5 3 1 4 1 6 *